منامات عم أحمد السمّاك

أعمال خيري شلبي
الصادرة عن دار الكرمة

الشطار (رواية)

العراوي (رواية)

نعناع الجناين (رواية)

بطن البقرة (جغرواية)

موال البيات والنوم (رواية)

منامات عم أحمد السماك (رواية)

رحلات الطرشجي الحلوجي (رواية)

خيري شلبي

منامات عم أحمد السماك

رواية

alkarmabooks.com

facebook.com/alkarmabooks

twitter.com/alkarmabooks

instagram.com/alkarmabooks

حقوق النشر © دار الكرمة ٢٠٢٢
© خيري شلبي ١٩٩٩، ٢٠٢٢
الحقوق الفكرية للمؤلف محفوظة

تتمسك الكرمة بحقوق الملكية الفكرية، فاحترام الملكية الفكرية يدعم الإبداع ويعزز الإنتاج الثقافي.
نشكركم لشرائكم نسخة أصلية من هذا الكتاب، ولامتناعكم عن استخدام أو إعادة طباعة أي جزء منه بأي طريقة
من دون الحصول على موافقة خطية من الناشر، لأنكم بذلك تدعمون المؤلفين وتسمحون للكرمة بالاستمرار
في نشر الكتب التي تعجبكم.

هذا عمل أدبي خيالي. جميع الأسماء والشخصيات والأماكن والأحداث الواردة فيه هي من نسج خيال المؤلف،
أو مستخدَمة بشكل فني خيالي، ويجب عدم تفسيرها على أنها حقيقية. وأي تشابه مع أحداث أو أماكن أو منظمات
فعلية أو أشخاص، أحياء أو أموات، فهو من قبيل المصادفة.

شلبي، خيري.
منامات عم أحمد السمَّاك: رواية / خيري شلبي ـ القاهرة: الكرمة للنشر، ٢٠٢٢.
٢٣٢ ص؛ ٢٠ سم.
تدمك: 9789776743748
١ـ القصص العربية.
أ ـ العنوان.
رقم الإيداع بدار الكتب المصرية: ٢٣١٥٧ / ٢٠٢١

٢٤٦٨١٠٩٧٥٣١

تصميم الغلاف: أحمد عاطف مجاهد
عناصر التصميم من رسوم الوشم المصرية الشعبية

«أنا ابن الخيَال الشعبي والسِّير والملاحم والفلكلور، مولَعٌ بالتفاصيل الدقيقة، وأحشدها في أبنية ذات شُعب موصولة بالمسكوت عنه من الواقع الإنساني المؤلم والساحر في آنٍ، فأنا ابن الفلكلور المصري الذي رسَّخ في وعي طفولتي المبكرة أن لي أختًا تحت الأرض يجب أن أحنو عليها، وأن أترك لها لقمة تقع من يدي. إن كل ما كتبته من قصص وروايات أنا في الواقع أغوص فيها على صعيد الوقائع الحياتية، فأكاد أزعم بالفعل أن كل ما كتبته من رواية أو حتى أقصوصة من نصف صفحة كان تجربة فنية نابعة من تجربة حياتية».

خيري شلبي

شجرتان

رأيتني في ميدان السوق واقفًا، مرتكنًا بكوعي على حديدة سور مسجد قايتباي، كنت سأمان لحد الشعور بالفراغ والقرف، لا أكاد أجد ما أفعله، مع أنني في العادة لا وقت عندي لمثل هذا الشعور. قلت في عقل بالي: «لعله الحر الشديد لم تنفع معه المراوح، فطردني من البيت بحثًا عن نسمة هواء رباني، في هذه الدحديرة المشهورة بهوائها النقي الغزير». وكان في اعتقادي أنني بمجرد أن أستنشق هذه النسمة فسأفطن في الحال، وأعرف ما هو العمل الذي من المفروض أن أعمله الآن.

لكن يظهر أن الهواء قد امتنع، احترق، حبسته الشمس في صندوق من القيظ. لم يكن الوقت موعد صلاة، وصديقي الأستاذ لم يأتِ بعد إلى قهوة الغول، وإلا كان زماني الآن جالسًا معه. وها هي ذي المقهى تُصفر من شدة الفراغ، الشمس تكتسح رصيفها كله، تفرش عليه قيظها المشدود. لو قللت عقلي ودخلت القهوة لشرب واحد شاي وحجر شيشة، فإنني لن أخرج منها إلا مشويًا.

كان بصري منصبًا على رصيف المقهى؛ الولد محمود نصبجي

القهوة يملأ جردل الماء ويدلقه على الرصيف ثم يذهب ليملأه، فما يكاد يعود حتى يجد أن الماء قد اختفى أثره تمامًا عن الرصيف، وظهر الرصيف كما هو كالحًا ناشفًا متقيحًا بلون الملح. في غمرة إشفاقي على محمود، فوجئت بشجرتين جديدتين متجاورتين على الرصيف، وطولهما يزيد قليلًا على قامة صبي. اندهشت، قلت في عقل بالي: «متى زرع الغول هاتين الشجرتين يا ترى؟ فأنا أجيء إلى المقهى كل يوم بعد صلاة العصر، ولم أرَ هاتين الشجرتين من قبل أبدًا، سيما وأنني والأستاذ من هواة القعدة على الرصيف بمجرد زوال الشمس، بعد انتهاء ورديتها اليومية، وكان لا بد أن ألاحظ وجود هاتين الشجرتين من لحظة غرسهما، لأنني من هواة زراعة الأشجار وأفهم فيها جيدًا».

لكن شيئًا أشد غرابة ما لبث أن ظهر على الشجرتين فجمدني في وقفتي من شدة الذهول، فقد لاحظت أن إحدى هاتين الشجرتين عفية وأفرعها مفروشة وباسقة، أما الأخرى فهزيلة نحيلة مرضانة. ليس هذا ما أذهلني، إنما الذي أذهلني فعلًا هو هذا الهواء العاصف الذي راح يهب على هذه الشجرة وحدها! إن الهواء من حولي متجمد تمامًا، وحتى الشجرة العفية ـ التي لا يفصلها عن أختها سوى ذراع واحدة ـ تقف متصلبة متيبسة الفروع، بل والأوراق، كأنها مجرد تمثال من الجبس الملون. كما أنني في وقفتي أشعر أن أنفي يستنشق صهدًا خالصًا، فمن أين يأتي هذا الهواء القوي لهذه الشجرة وحدها بالذات، ودون بقية المخلوقات؟!

قلت في عقل بالي: «لا بد أن يكون جذرها تحت الأرض ممسوكًا

٨

بيد عابثة تُطوحها هكذا، ولا بد أنه يريد أن يتعتعها ويلفظها». ثم اقشعر بدني إذ تذكرت إخوتنا الملائكة العائشين تحت الأرض، لكن أمر الشجرة شغلني.

اقتحمت الرصيف بوجل كأنني أدوس فوق قصدير ملتهب، خرَّمت على الشجرتين، حزنت أشد الحزن على هذه الشجرة، إذ إنها من نوع لا يقل أصالة وكرمَ أصل عن زميلتها الراسخة، بل إنها ـ حسب خصائص نوعها ـ أشد استعدادًا للخصوبة والنماء والاتساع وغزارة العطاء؛ إن ثمرًا فثمر وإن ظلًّا فظل. أول علة أصابت هذه الشجرة المسكينة هي هذا الحوض الحجري الملآن عن آخره بمياه قذرة، فكثرة الماء تقتل طفولة الأشجار وتميت صباها، فتبقى العمر كله عليلة. وفي الحوض بطة وإوزة بأولادهما يتبادلن جذب الشجرة ودفعها من هنا إلى هناك ضربًا بالمناقير الحادة، أو لطشًا بالمؤخرات والأجنحة.

شعرت أن الشجرة تكاد تبكي، تنظر لي في استرحام لعلي أخلصها من هذا الهوان، وها هي ذي تترنح كأنها تجض وتموت، فلا بد إذن من تخليصها من عذاب هذا العبث. بيدي أمسكت البطة ورميتها، ثم الإوزة، ثم اصطدت عيالهما، وأنا أفكر في طوق من الحديد بطولها، وفي عود راسخ يسندها إلى أن تثبت أقدامها في الأرض. ثم إنني صرت أزعق مناديًا في فجيعة:

ـ الشجرة! ستقع! ستموت! تعالَ يا محمود وشوف كيف نعالجها معًا.

جاء محمود فاشخًا حنكه الطويل الكبير، بابتسامة غير مبتسمة

وإن تمددت وغاصت تحت خديه المتكورين. قال في برود كأنه يأسف على ما أصابني من جنون:

ـ مالك يا عم أحمد؟ فيه إيه؟

ـ الشجرة يا محمود.

ـ مالها الشجرة؟

ـ ستموت! سيأكل البط جذرها! ويكسر الهواء جذعها وفروعها!

ـ هواء؟! تقول هواء؟! أين هو هذا الهواء يا عم أحمد؟! نحن في عرض نسمة هواء حتى لو اقتلعتنا نحن أنفسنا من الأرض.

ـ يا ولدي شوف كيف تتمايل بقوة، حيث إن فروعها أثقل من قوامها النحيل بسبب هذه المياه الكثيرة.

هز كتفيه بلامبالاة:

ـ ركبها عفريت! ماذا أفعل لها أنا؟

ـ اربطها! تدق عودًا أو خشبة في الأرض بحذائها، ثم تربطهما معًا بحبل متين فتمنعها من الانكسار!

ـ ومن منا فيه روح يفعل هذا؟ الواحد خلقه ضاق من الحر، لا أحد يطيق نفسه، أرش على الرصيف بحر النيل كله ويبقى ناشفًا!

تركته وقفلت عائدًا إلى بيتي أفكر في كيفية استقضاء سيخ من الحديد أو نبوت. لكن صوت ولدي محمد اقتحمني مناديًا:

ـ الفلوس يا ابا! آبا! يا ابا! حبل إيه وسيخ إيه؟! أقول لك خذ الفلوس!

فتحت عيني. كنت لا أزال نائمًا على سريري، وولدي محمد يقف ممسكًا بقرطاس من ورق الأسمنت مبرومًا على بتاع الناس.

استغربت أن يجيء هو بالفلوس، بعد برهة فطنت إلى أن ولدي صابر منذ أن تزوج زيجته الثانية قد انفصل عنا بيتًا ومعيشة وسوقًا، أصبح يتسوق لوحده ويفرش لوحده. ثم فطنت إلى أنني كنت قد تعبت في السوق وقت الظهيرة من شدة الحر ومناكفة زبائن يوم الاثنين الكحيانة، ماركة كيلو وكيلو ونصف، فتركت الفرش لمحمد وولد عمه وجئت لآخذ تعسيلة سريعة تصلب حيلي.

كان أول شيء فعلته فور خروجي من البيت أن توجهت إلى المقهى، فعاينت الرصيف من أقصاه إلى أقصاه بدقة، فلم أرَ فوقه من شجر إلا هذه الشجرة العجوز العتيقة التي يجلس تحتها الأستاذ لصق كشك ساندويتشات الحواوشي، في أقصى الرصيف قرب حنفية الصدقة في وسط الميدان. مع ذلك لم أقلق من جهة هذا المنام، رغم أنه من منامات فترة العصر التي لا بد أن يكون لها ـ كمنامات الفجر ـ رصيد في الحياة، يُصرف لي بعد وقت يقصر أو يطول. ويخيل لي يا ابو العم أن المنام في كثير من الحالات لا بد أن يتخمر أو يتحمض في غرفة مظلمة من غرف الدماغ الكثيرة، فإذا هو بعد حين قد استوى أمامي صورة حية ناطقة في واقع الحياة، كأن المنام هو «البروفة» التي يجريها الممثلون في الكواليس قبل عرضها على الجمهور في يوم معلوم. ساعات يا ابو العم يخيل لي أيضًا أن المنام بمثابة كمبيالة، يتعين عليَّ تسديدها في وقت محدد لست أعرفه إلا حين الأمر بالدفع أو الحبس، في هذه اللحظة فحسب أتذكر تفاصيل الدَّين الذي حررت بموجبه هذه الكمبيالة أو تلك، الكمبيالة هي الدَّين، والسداد هو حالتي لحظة الدفع القاسية.

في تلك الآونة ـ منذ أكثر من عشرين عامًا يا ابو العم ـ كانت علاقتي بصديقي الأستاذ قد بدأت من جانبي قبل أن يشعر بي هو، فصرت أنتظر اللحظة المناسبة ـ التي كانت على وشك ـ لاختيار القنطرة الآمنة التي يعبرها أحدنا إلى الآخر لنبقى على بر واحد معًا. ويشاء السميع العليم أنني في عصر اليوم التالي للرؤيا جاءت القنطرة وحدها ممدودة راسخة، تستحمل الدوس بقوة.

ففي الشهور الكثيرة الماضية كان قد لفت نظري منظر أستاذ وقور يتخذ من قهوة الغول محله المختار، يلبس أكثر من نظارة طبية؛ واحدة على عينيه، وأخرى معلقة في رقبته بسلسلة. في الشتاء يقعد داخل القهوة، وفي الصيف عند الظهيرة يقعد في الباكية الخارجية المحصورة بين القبوة والرصيف، يعلو عنها الرصيف بأربع درجات من سلم حجري، وفي العصاري والأصائل يقتعد الرصيف. وهو في كل قعداته يحتل ترابيزة وحده، فيضع حقيبته الكبيرة ـ كحقائب السفر إلا إنها محشوة بالكتب والأدوات الكتابية ـ على كرسي بجواره. يفرد على الترابيزة أوراقًا ودفاتر وكتبًا ومجلات وصحفًا، وهو على الدوام مندمج في قراءة وكتابة، وبنفس الحميمية والاستغراق يشرب الشيشة والقهوة بغير انقطاع ولا توقف.

أعجبني منظره، تخيلته من كبار الحكام الذين لهم في منطقة قايتباي مسؤوليات وأشغال، فلما قيل لي إنه صحافي وكاتب مشهور انبهرت به، وكنت طوال عمري أتمنى أن أقابل صحافيًا أو كاتبًا لكي أتعرف عليه وأصاحبه، لعله ينفعل بقصة حياتي ويكتبها؛ تلك التي ثقل حملها على أكتافي وأصبحت أتمنى لو يعرفها كل الناس، ليتعظوا

ويأخذوا العبرة من قاطع طريق وحرامي سابق، هداه الله أعظم هداية، وبوده تفطين الناس إلى كيفية العراك مع الشر وهزيمته. لهذا أمسيت أذهب إلى مقهى الغول أصيل كل يوم فأطلب الشيشة والحجارة العشرة، وأقعد قبالة الأستاذ، أمزمز في الحجارة على مهل، أتفرج على الأستاذ بانبهار وغبطة؛ وهو يقرأ، وهو يفكر متجهمًا عاقدًا حاجبيه، وهو ينخرط في الكتابة، حتى صرت أعتقد أن حركة قلمه على الورق ينتج عنها كلام مكتوب على صدري أنا، إنه يكتب فوق صدري لا فوق ورق، ويمتح من صدري لا من دماغه. صرت أعشق صوت خرخشة قلمه على الورق، أغتبط من سرعة جريانه، أندهش كيف يستطيع المخ أن يضخ في القلم كلامًا يكتبه بهذه السرعة في غير توقف، اللهم إلا للإمساك بفنجان القهوة أو عدل وضع مبسم الشيشة، أو تغيير الصفحة، أو استبدال القلم. أغبطني تصرفه مع مبسم الشيشة حتى لا يلخمه ويعطله، لو كان الود ودي لرضيت بأن أمسك له مبسم الشيشة بيدي طوال الوقت حتى لا تتعطل يده عن الكتابة، إلا إنه يُدخل رُكبه تحت رخامة الترابيزة فيحتضن اللَّيْ بين فخذيه، ويميل على الورق فيحشر مبسم الشيشة بين حافة الرخامة وصدره، ثم يواصل الكتابة بيديه؛ يد تكتب ويد تسند الورق.

أصبحت أغار عليه من زبائن المقهى الفضوليين، أُبعدهم عنه بقدر الإمكان إذا كنت أعرفهم، ما إن أرى أحدهم متجهًا إلى الكرسي الملاصق لترابيزته، حتى أغمز له بعيني غمزة معناها أن يستذوق ويترك الأستاذ في حاله. وإذا ارتفع صوت الراديو على الآخر، كما يحلو للناس الطرش أن يرفعوه، فإنني أهمس في أذن مصطفى

الجرسون راجيًا إياه أن يخفض صوت الراديو حتى لا يغلوش على الأستاذ.

أصبحت أُصاب بالكآبة إذا لاحظت أن الأستاذ قد تعطل عن الكتابة؛ إذ أراه شاردًا مهمومًا، فيوجعني قلبي، أتخيل لو أنني قمت إليه بلطف وسربت له قطعة أفيون تعدل مزاجه، فكيف يكون الأمر؟ هل يقبلها شاكرًا؟ هل يزجرني ويرفضها؟ طب لماذا لا أحاول؟ ولكني لا أجد في نفسي الجرأة على التنفيذ. أما منظره وهو غارق في القراءة فقد كان يسرني جدًّا، إذ تنبسط ملامحه وتتهدل عضلات وجهه وتغرق في وداعة طفولية تتقلب عليها ألوان من الدهشة والفرح والغضب، وأحيانًا يبتسم، أحيانًا أخرى يستغرق في ضحك مكتوم عميق. أقول في عقل بالي: «آه لو أن ما يقرأه ينتقل في الحال إلى رأسي أنا الآخر، ما أحوجني إلى مثل هذه القراءة! ما أشد ما ظلمت نفسي يوم هربت من الكُتَّاب لأشتغل خطافًا ثم سماكًا!». نفسيتي تحب القراءة، ولكن لما كنت أجهل فك الخط ـ إلا بعض حروف قليلة ـ فقد صارت هوايتي قراءة الناس. نعم يا ابو العم، قراءة الناس عِلم لا يجيده إلا ولد ابن سوق مثلي، صاع ولف وداخ وتعرى وعرف أن كل واحد من ولاد آدم كتاب مفتوح ينتظر من يقرأه، وأنا أبدأ قراءة البني آدم بالنظر في مفردات وجهه (و«مفردات» هذه كلمة سمعتها من قعدة الأستاذ وأعجبتني) فأعرف إن كان قد غسل شعره أم لا؟ إن كان قد نام في بيته اليوم أم في بيت عابر، أم في الخلاء؟ أعرف إن كان قد غيَّر ولو شيئًا واحدًا من هدومه؟! إن كان جعان أم شبعان؟ إن كان زعلان أم المسألة ضيق خلق لقلة النوم؟ إن كان الزعل بسبب زوجته

وعياله أم بسبب الشغل، أم بهموم ديون، أم بمشاريع غير موفقة؟ إن كان واقعًا في الحب لشوشته أم لا تزال تناوشه صَبية من الصبايا؟ إن كان محبًّا لزوجته أم يعيش معها حفاظًا على العِشرة الطويلة؟ إن كان أمينًا ذا ضمير أم ابن فرطوس بلا مبدأ؟ إن كان عطوفًا أم قاسي القلب؟ ابن ناس أم شبعة بعد جوعة؟ أصيلًا أم خسيسًا؟ ضرسًا في مهنته أم لابس مزيكة؟

وهكذا قرأت الأستاذ جيدًا، من الجلدة للجلدة كما يقول لرفاقه، وقد تأكدت من صحة قراءتي له منذ أن واظبت على المجيء إلى المقهى لأشرب حجرين لزوم التمسية قبل النوم، فأجد قعدة الأستاذ قد اتسعت، صار منظرها فرجة تسر الناظرين، فيها وجوه نعرفها معرفة جيدة، إذ هم من الممثلين الذين يظهرون كثيرًا في التلفزيون، ووجوه نعرفها بالشبه ونعرف أنها مهمة لكننا لا نعرف من هي بالضبط، فيها صحافيون وكُتَّاب ومخرجون وممثلون وشعراء. كل هؤلاء لا بد أن يجتمعوا على ترابيزة الأستاذ كل ليلة. قد يغيب أحدهم يومًا، لكن القعدة تظهر فيها كل ليلة وجوه جديدة وأسماء جديدة كبيرة غليظة، نقرأها كثيرًا في الجرانين فننخض. كانوا يتكلمون والأستاذ يسمع، أو ينصتون والأستاذ يتكلم، يلقي عليهم شعرًا لفؤاد بن الحداد الذي أوقعني في غرامه ولم أكن أعرف أنه هو نفسه مسحراتي الإذاعة. ندوة كبيرة يا ابو العم، أبقى متعلقًا بها، أسمع بل أشرب كل كلمة فيها بمزاج أعلى من مزاجي في شرب الحجر، حجر ماذا يا ابو العم؟ هذا الكلام هو أعلى حجارة تعدل المزاج، تُنيره، تبنيه، الناس الهردبيس ينظرون لي ويضحكون بشدة، فأنتبه إلى أنني منذ وضعت النار على الحجر

والمبسم في يدي بقيت سارحًا، جاحظ العينين، مفتوح الفم مبهورًا بما أسمعه من كلام يلعلط ويخلب لبي، أو أنتبه إلى أنني وضعت النار فوق حجر سبق احتراقه، وقد أصب النار فوق الحجر فتنسال على ملابسي وحذائي، فأكون أول الضاحكين على نفسي، وأضيق لأن قطعة النار حرقت جلبابي الصوف الذي أتقمع به، خاصة أنني بت أهتم بمظهري وعياقتي اهتمامًا كبيرًا فألبس أشياء ثمينة غالية.

شوف يا ابو العم، سأقولها لك كلمة حكمة خذها من رجُلٍ أُميٍّ ولكنه مجرب؛ إن أعجبتك ضعها حلقًا في أذنيك يكرمك الله وتكون من الفالحين، وإن لم تعجبك ارمِها خلف ظهرك فتكون من الخاسرين والعياذ بالله. كلمتي هي: «المعرفة ـ وليست القناعة وحدها ـ كنز لا يفنى». فمن كثرة استماعي لكلام هؤلاء الأساتيذ ـ حتى وإن لم أفهمه كله ـ أخذت كنزًا كبيرًا جدًّا، أعطاني الإحساس بنفسي، بآدميتي، بإنسانيتي. أصبحت متأكدًا أن الأفكار التي كثيرًا ما راودتني حول هذا الأمر أو ذاك اتضح أنها صحيحة، فأنا إذن أفهم وإن كنت أميًّا، وإذن فالفهم والمعرفة ليسا قاصرين على من يقرأون في الكتب والصحف. الأهم من ذلك يا ابو العم أنني اكتشفت الكلام؛ لغة الكلام، طريقة الكلام، معنى الكلام. معنى الكلام يا ابو العم أنك حين تتعلم كلمات جديدة من ناس موزونين مهمين، فاعلم أنك بهذه الكلمات تعلمت كيف تتحرر من قيد من القيود، كيف تُعبر عن الذي تريده، كيف تطلب حقك، كيف تعرض شكواك، كيف تقنع خصمك.

أشياء كثيرة لا حصر لها تعلمتها وعرفتها وأنا جالس أتفرج على

صحبة الأستاذ، حتى ظهر الأستاذ في نظري كشجرة كبيرة وارفة الظلال، طلعت لي في طريق مليء بالصهد والعرق والضلال.

أحيانًا كنت أفكر جديًا في اقتحام الأستاذ وتعريفه بنفسي لنصبح أصدقاء، لكن سوق الحياة عامة، وسوق السمك بخاصة، علمني أن اقتحام الناس لا يعجل بالصداقة بل قد يؤجلها ويؤخرها وربما ينفيها تمامًا، لأن شكة لحظة الاقتحام على بساطة فعلها تترك في النفس بؤرة وجع وفي العين سحابة ظل، يظل من اقتحمته وفرضت نفسك عليه في حاجة لأن يعرفك جيدًا قبل أن يسلس لك قياد نفسه طائعًا مختارًا، لأنك اقتحمته (على فكرة كلمة «اقتحمته» هذه وكلمات كبيرة كثيرة غيرها لم أكن أعرفها قبل معرفة الأستاذ)، هجمت عليه كقاطع طريق، وأنا أعلمُ الناس بما يتركه قطعُ الطريق في الناس من شعفة قد تُورِث الموت.

علمني سوق الحياة أيضًا أن الطيور ـ حقًّا ـ على أشكالها تقع، وما دمت أنا قد وقعت على ورقة في فرع في شجرة الأستاذ، فلا داعي لأن أتعجل الوصول إليه شخصيًا وإلا وقعت من حالق.

خرجتُ مرة من صلاة العصر في جامع قايتباي إلى رصيف قهوة الغول الشهير بـ«أمريكا»، لأستروح نسمات الأصيل. وأنا من عادتي أن أنظر في الأرض كثيرًا حين أمشي، ربما لأني قاطع طريق سابق تعودت أن أقص الأثر، وربما لأني حكيم أُقدر لِرجلي ـ كما سمعت الأستاذ يقول ـ قبل الخطو موضعها. عيناي لمحتا على الرصيف شيئًا يبرق فيه أصالة وشخصية، انحزت إليه، انحنيت فالتقطته، فإذا هو لفظ الجلالة مصنوعًا من الذهب، يبدو أنه وقع من سلسلة كانت تعلقها

امرأة في رقبتها. رأيت الدمغة بارزة في ركن منه. فتحت محفظتي وخبأته في جيبها السحري الصغير، ناويًا أن أظل أسبوعًا كاملًا في حالة انتباه لكل من يبحث عن شيء ضائع، لعلني أعثر على صاحب هذه القطعة فأعطيها له، فإذا لم أجده فإنها تصبح من رزقي.

وذات أصيل تالٍ خرجت من صلاة العصر في يوم يقطر فيه النهار عذوبة خريفية مع أنها تنتهي بسرعة، لكن رصيف القهوة يَسبح في الظل والطراوة. رأيت الأستاذ فارشًا ترابيزته لصق كشك الساندويتشات بتاع إبراهيم الحواوشي في أقصى الرصيف، كان منشغلًا في الكتابة، والمعلم إبراهيم الغول صاحب القهوة يرص له حجر الشيشة.

ـ سلام عليكم.

ـ أهلًا عم أحمد.

هكذا رد إبراهيم الغول. أما الأستاذ فقد رفع رأسه في شيء شبيه بالتوتر، وتمتم:

ـ عليكم السلام ورحمة الله وبركاته.

وانكب على الكتابة. فسحبت كرسيًا وزحفت به قليلًا بحيث أكون معهما ووحدي في نفس الوقت. جاءتني الشيشة مع الحجارة فالشاي، وبقيت في انتظار النار. ثم لاحظت أن المعلم الغول قد التحم مع الأستاذ في حوار مسموع، فهمت من كلامه على الطاير أن الغول قد ضاع منه شيء ما، وأن الأستاذ يشككه في العثور عليه ما دام قد مر على ضياعه بضعة أيام، خصوصًا وأن ذمم الناس خربت هذه الأيام وأصبحت تفضل السرقة، فما بالك إن وجدت شيئًا على الأرض؟!

مِلت برأسي نحوهما مناديًا:

ـ عم تتكلم يا معلم إبراهيم؟ ضاعت منك حاجة؟!

اعتدل إبراهيم، صار يشرح لي ملوحًا بذراعيه ورأسه وكتفيه كعادته إذا تكلم:

ـ بنت بنتي ربنا يخلي لك عندنا هذه الأيام، أعطتني سلسلتها الذهب مقطوعة، وقالت يا جدي أعطِها لصايغ من صحابك يلحمها. نويت أن أغيرها لها بواحدة جديدة كبيرة، وضعتها في جيبي، الله أعلم إن كنت سحبت من الجيب شيئًا فسحبها معه أم أنني وضعتها في ثنية الصديري ظنًّا أنه الجيب. المهم أنني لم أجدها، أصبحت في ورطة.

فتحت محفظتي، سحبت لفظ الجلالة منها وقربته من إبراهيم.

ـ تشبه هذه؟!

فأضيء وجهه وامتلأ بالدم والإشراق، وصاح:

ـ الله يعمر بيتك يا عم أحمد! هي دي، بس ناقصة السلسلة.

ـ لم أجد غير هذه، هناك أمام المبولة.

ـ بس بس بس! مضبوط! توضأت في المبولة، وأثناء خروجي نزعت المنديل من جيب الصديري لأنشف وجهي، ولا بد أن المنديل سحبها معه. الحمد لله على كل حال.

وإذا بالأستاذ يرفع عينيه عن الورق ويرسل لي نظراته المتأملة من فوق عدستَي النظارة النصف كُم، أقصد النصف عدسة. طالت نظراته كأنه يريد أن يحفظ شكلي عن ظهر قلب، وأخيرًا أشار لي بيده قائلًا:

ـ تعالَ هنا يا راجل أنت.

وأشار إلى كرسي بجواره:

ـ قاعد لوحدك بعيد ليه؟ ضم.

وقال إبراهيم وهو يوسع لي:

ـ تعالَ يا عم أحمد.

وإذا به يقوم عن كرسيه مشيرًا لي أن أجلس عليه، ملوحًا بيديه وذراعيه وكتفيه ورأسه، بما معناه أنني يجب أن أجلس مطرحه لأقوم بنفس المهمة للأستاذ. وحين قال الأستاذ: «ضم»، كانت هي الضمة، من لحظتها لم ننفصل مطلقًا طوال ما يقرب من عشرين عامًا، نلتقي يوميًا على القهوة من بعد صلاة العصر إلى صلاة المغرب، ومن بعد صلاة العشاء إلى قرب منتصف الليل.

حُب الأستاذ سكن قلبي من جواه، عشش فيه، أصبح الأستاذ كأنه أنا وقد تثقفت، كما أصبحت أنا هو، في السوق أتكلم مع الزبائن كما يتكلم هو مع رفاقه على الترابيزة، كما أنه كان كثيرًا ما يشرفني في السوق ليقف معي على الفرش ليفك الاشتباكات بيني وبين الزبائن، ولا يأنف من مساعدتي في صنع القراطيس من ورق الأسمنت، فيصير منظره مفرحًا يبهج القلب الحزين، إلا إنني أظل طول الوقت حاملًا هَم بذلته النظيفة، أكاد أحني ظهري لأجعله دكة يقعد فوقها بدلًا من الدكة الخشبية الزفرة المغبرة المليئة برؤوس مسامير خبيثة.

كل أصدقاء الأستاذ أصبحوا أصدقائي وحبايبي، في الأول كانوا يتحرجون عندما أشترك في الحديث، ويعتقلون ابتساماتهم الساخرة في أحناكهم المدربة، وعيونهم تقول إنني في نظرهم واحد بتاع سمك صعيدي قحف، فيتأهبون للضحك في انتظار ما سأفوه به. لكنهم

حينما لاحظوا أن الأستاذ يعاملني بنِدية واحترام أصبحوا يفعلون مثله، ثم أصبحوا يُكبدون أنفسهم مشقة الخوض في حارة العجوز سيرًا على الأقدام للسهر معي في بيتي، في كل مناسبة وفي غير مناسبة.

فجأة يا ابو العم اكتشفت أنني صرت مثقفًا، أتكلم فيما يتكلمون فيه، وبنفس المفردات التي تعلمتها منهم واستجليت لي معانيها على أيديهم؛ كلام في السياسة وفي الشعر والتمثيل والإخراج والروايات، وفي كافة أمور الحياة. كان الأستاذ ـ الله يكرمه ـ قد أحسن في تقديمي لهم وفرض شخصيتي على مجلسهم، الحق لله كان يصفني بأوصاف تبهرني وتعرفني بنفسي، من قبيل أنني رجل شفاف، متكلم، عندي معرفة إنسانية كبيرة، عندي تجارب عميقة في الحياة، عندي خيال خصيب، عندي تصور سليم وشبه دقيق للأشياء والأحداث غير المرئية، عندي استعداد فطري لتحليل الوقائع التاريخية والمسائل السياسية المعقدة التي قد يعجز دونها بعض المثقفين، عندي إحساس صوفي صادق حيث جاءتني التوبة على كبر فكانت عميقة مكثفة مسحت كل ذنوب الماضي، عندي قدرة على الحكي الشيق والتعبير عما أقصده ببساطة وبلاغة شعبية موجزة، عندي وعندي وعندي، كل ذلك وصفني به الأستاذ لأصدقائه ليلة بعد ليلة، حتى طلعت في دماغي وأصبحت أؤلف شعرًا على نسق أشعار ابن الحداد، بل امتثلت لولدي محمد كي يعلمني فك الخط لأقرأ الجرنان، وأصبح عندي كراسة أدسها تحت المخدة لأخط فيها ما يطرأ على بالي عند الشروع في النوم، وكلها مواويل في حب الأستاذ وصحبته.

طوال شهر رمضان من كل عام يختار الأستاذ مجموعة كتب في

التصوف أو في التاريخ الإسلامي أو في تفسير القرآن، ثم ننزوي معًا في ركن قصي على الرصيف ما بين العصر والمغرب، فيقرأ الأستاذ وأنا أستمع بشغف كبير. صدقني يا ابو العم أن هذه الكتب ليست صعبة الفهم أبدًا، وإن كانت ذات لغة مجعلصة غليظة صادمة. أنا لم أدرس اللغة أي نعم، ولكنني قد أنست لهذه المفردات، صاحبتها وصاحبتني، صادقتها فصادقتني من كثرة ما قرأت بها القرآن الكريم في الصلوات، واستمعت إليها على حناجر الشيخ رفعت والشيخ مصطفى إسماعيل والشيخ عبد الباسط وغيرهم، وهي حناجر حين تقرأ لا بد أن يفهم عنها حتى الحمار. ثم إنني من شدة حبي لأن أعرف وأفهم، صرت أعرف وأفهم كل المعاني بالسليقة، وحين يراجعني الأستاذ فيما فهمته مما سمعته وألخص له ما وصلني، كان ينبهر ويفرح لأنني فهمت «لُب» الموضوع.

بفضل الأستاذ وصحبته أستطيع أن أحدثك عن أبي حيان التوحيدي ومحيي الدين بن عربي وجلال الدين الرومي والجاحظ والقلقشندي وابن تغري بردي وابن إياس، وأن أكلمك عن المسرح والمسرحيات، والسينما والأفلام وأسباب الكساد المحيق بالاثنين، أن أكلمك عن الأزمة الاقتصادية، عن جورباتشوف الجدع العترة ولد الفتوات المغامر، أبو مخ طاقق مع الأسف، لأنه جاء يكحلها فعماها. صرت أنا والأستاذ كيانًا واحدًا، فِكرًا برأسين ملتحمين، يتبادلان اللقاح؛ هو يصب في رأسي فكرًا وعلمًا وثقافة، وأنا أضخ في قلبه سوق منشية ناصر بكامله، وحارة العجوز والصعيد الجواني.

ولأن الأيام لا تترك الواقف واقفًا ولا القاعد قاعدًا، فإنها أخذت الأستاذ مني مرة واحدة، في موال طويل، من شقة آيلة للسقوط في المعادي، إلى شقة شعبية من شقق الحكومة في مدينة السلام البعيدة، إلى بنت في الثانوية العامة ولا بد من بقائه في مواجهتها على الدوام حتى لا تغفل عن المذاكرة، إلى واحد في الإعدادية، وآخر في الابتدائية، إلى زوجة أرهقت وباتت في احتياج لمعاونته. سيارته الفولكس الخنفساء القديمة ثقل الحمل عليها من ماسبيرو إلى المعادي إلى مدينة السلام إلى قايتباي، فأصبحت تسير يومًا وتتبطل عشرة، أخلت ببرنامج الأستاذ، كان الله في عونه، لا يجيء إلى قايتباي سوى مرة أو مرتين في الأسبوع، وعلى الطاير، لا يكاد يراني. بصراحة لم أكن علمت بهذه التفاصيل، وفي ظني أن الأستاذ حكاها لي ذات مرة، ولكن يظهر أني كنت مسطولًا سطلًا ثقيلًا فلم أحسن الاستماع، بل نسيت حتى ما استمعت إليه.

ترك الأستاذ في حياتي فراغًا قاتلًا، أفقدني توازني والله يا ابو العم، صرت كالتائه منه طفل صغير يبحث عنه، أو كأنني ذلك الطفل نفسه ضاع في متاهة لا يعرفها. الدنيا كما تعلم يا ابو العم دنيئة، مليئة بالرديء كما هي مليئة بالجيد. الرداءة ـ قاتلها الله ونجانا منها ـ جرثومة سريعة التكاثر، أنشط من الصوت والضوء معًا، يكفي أن يمر على القعدة شخص رديء لتجد أن رائحته ـ على الأقل ـ قد انتشرت في جميع الأنوف كالأواني المستطرقة، فما بالك لو جلس معنا، لو اندمج فينا؟! لا بد طبعًا أن يتسرب العطب إلى كثير من نفوسنا، ليس في البقع التي لاصقته أو لامسته فحسب، بل في جميع أنحاء النفس.

فجأة يفيق الواحد منا بعد حين فيجد نفسه يتصرف مثل فلان الفلاني، تصرفات نتنة، صار يفكر بطريقته، يتكلم بألفاظه.

نعم يا ابو العم، السوقية أشد الأمراض فتكًا وانتشارًا، والمصيبة أنك لا تعرف كيف تتقيها، تتحاشاها، تتلاشاها، تتجنبها؛ لأنك لست تذهب إليها في كل الأحوال، إنما هي، في كل الأحوال، تزحف عليك من حواليك، تتسرب، تتسلل، في صورة جميلة براقة أحيانًا، في خفة ظل أحيانًا كثيرة، لأن السوقية دائمًا أبدًا خفيفة الظل، في قناع من الأهمية الزائفة تارة، في سبيكة من الادعاء المتقن تارة أخرى، في ولد لطيف خدوم يبدو وديعًا طيبًا غلبان، في واحدة تجيد رسم المقهورة المظلومة المحتاجة للمساندة حفاظًا على شرفها، في رجل ناعم جلياط يريد أن يعيش سفلقة، فيتطوع بتقديم الخدمات المجانية أول الأمر ثم يختص بها بعد ذلك من يدفع أكثر، من يملك القوة والنفوذ، ليتحول بعد ذلك إلى جرثومة تخرب بنيان عمارة كاملة. هذه الصور كلها يا ابو العم هي السوس الذي يأكل الصداقات ويخرب العلاقات الطيبة، ثم يندار على نفوس أصحابها فينخبها من الداخل من الأساس حتى لا يبقى فيها متسع لنبض حياة.

مثل هذا السوس يا ابو العم دخل في قعدتنا، لا ندري كيف، فعيب قعدة أمثالنا من الأصفياء الطيبين أنها مفتوحة إلى حد كبير. تسرب إليها لون معين من الناس على شيء من الثقافة والموهبة، لكنهم ليسوا من الأصفياء ولا من الطيبين، يعني من فصيلة السوس، الواحد منهم دائم الكلام في المبادئ وهو بلا مبدأ أصلًا. نفوسهم خراب في خراب، إذا اختلى بك أحدهم وقتًا ولو قصيرًا سوَّد الدنيا

كلها في وجهك، وزرع الشك في نفسك تجاه كل شيء، باسم الثقافة والتحليل النفسي والطبقي والماركسي، ومثل هذا الكلام الخنفشاري الذي كان الأستاذ يكرهه ولا يعطيه أي انتباه.

في الأيام التي غابها الأستاذ عني ـ وما أطولها ـ صرت أسهر وحدي في البيت، أشاهد برامج التلفزيون مع حجرين على الشيشة، فما إن تنتهي نشرة التاسعة حتى أدخل سريري لأغرق في النوم. الأصدقاء الأصفياء الطيبون كانوا يمرون على المقهى فلا يجدون الأستاذ فينصرفون، فإن قابلتهم صدفة دعوتهم إلى بيتي لعمل الواجب معهم، وفي العادة يأتون على استحياء. أما السوس الذين يلتصقون بهم أينما ذهبوا، فإن جرأتهم في الاقتحام لا مثيل لها؛ يطرقون بابي في أوائل الليل وأواسطه، فلا أجد مفرًا من استقبالهم. لكنهم قساة لا يراعون ظروف نومي وصحوي مبكرًا للمسواق، يجلسون معي لساعات طويلة، لا حديث لنا سوى الأستاذ، لا أعرف لماذا هو دائمًا محور الحديث: الأستاذ قال، الأستاذ كتب، الأستاذ نشر، الأستاذ باعك يا عم أحمد وفرط في صداقتك، أخذ منك ما يريد وزبلك في صفيحة القمامة، الأستاذ ـ على فكرة ـ يحتقرنا كلنا، يضحك علينا ليستفيد منا، يضعنا في قصصه ورواياته ومقالاته ويكسب من ورائنا، الأستاذ بخيل جدًّا، لا بل ونتن، لقد فعل وفعل وفعل! أما علمت؟ يوه! أما سمعت؟ ياه! هات أذنك... إلخ إلخ.

السوس الذين يجيئون عادة مع قدامى الأصدقاء هم البادئون دائمًا بالنخربة، وتنشيط القعدة بفتح مواضيع موروبة خبيثة تفتح الشهية للنميمة، وليس أشهى عندنا نحن المصريين أبناء هذه الأيام

من حديث النميمة بجميع أنواعه، على جميع مستوياته، منذ أن حرم علينا الكلام في السياسة ودبت في أوصالنا جراثيم الخوف والتوجس من بعضنا البعض.

السوس يا ابو العم ليسوا بالضرورة الأتباع الجرابيع الإمعات المطيباتية العاملين بأكلهم وشربهم، بل كثيرًا ما أفاجأ بهم في مراكز كبيرة جدًّا، بأسماء ضخمة تهز الأذن بوقعها الرهيب. شخصيات من المفروض أنها محترمة ونظيفة وكبيرة على صغائر الأمور، أفاجأ بهم يا ابو العم سوسًا خبيثًا مؤلمًا، سوسًا مثقفًا يا ابو العم، ليس كالسوس البدائي الغشيم، يبدأ الاختراق من السطح فيحفر لنفسه مجرى في العظم، وصولًا إلى لب اللب، لا يا ابو العم، هو سوس مثقف فنان، يندب في قلب اللب دفعة واحدة كأنه يستخدم الليزر في شحنك ضد صديق أو ضد بلد. بكلمة واحدة أو كلمتين تتشوه في نظري صورة صديق عزيز كالأستاذ، بكلمة أو كلمتين تهتز ثقتي في أشياء كثيرة راسخة، فأنا في النهاية أقل من أقلهم ثقافة وفهلوة وتلويعًا وتأويلًا وغمزًا ولعبًا بالبيض والحجر. لا يا ابو العم، فأنا صعيدي واضح ودوغري ولا أعرف شيئًا من هذه المواهب الشيطانية.

يخيفني السوس الصغير أكثر، أما السوس الكبير فقد تمرست به، فصرت أحذره وأحصن نفسي ضد قوته الكاسحة، بأن أسد أذني عما يقولون إذا جاءت سيرة الأستاذ، على عكس ما كان يحدث من قبل حين كنت أبتهج إذا جاءت سيرته، على رأي أم كلثوم:

ولما اشوف حد يحبك

يحلالي أجيب سيرتك وياه

لكن جسمي كش منهم ومن مرافقيهم المتجددين باستمرار، مع ذلك كنت أستقبلهم في بيتي. عقلي الصعيدي ليس غبيًا كما تتصورون، كثيرًا ما قال لي: «خلِّ بالك يا أحمد، فهؤلاء الوِلد يستكردونك، كل هدفهم أن تسقيهم حجرين، ولكي يعملوا بشربهم فإنهم يشتمون الأستاذ لصالحك، ظنًّا منهم أن شتيمة الأستاذ ترضيك!». فكنت أرد على عقلي قائلًا: «لا يا ابو العم، ليس هذا يرضيني، إنما أنا أستمع إليهم لسبب مهم، هو أنني أريد أن أفهم ـ من خلال كلامهم ـ حقيقة ما إذا كان الأستاذ قد استفاد مني أم لا، فإن كان قد استفاد حقًّا كما يقولون، فإنني حينئذٍ يجب أن أفرح بنفسي لأنني رجل مفيد لكبار القوم المستنيرين المفتحين». فيقول عقلي: «وهل تراك فهمت وفرحت؟». فأقول له: «لا يا ابو العم، كلامهم في الأول كان يفرحني ويرضي غروري، لكنني أصبحت أحتقر كلامهم عندما شعرت وفطنت إلى أن المقصود هو تشويه صورة الأستاذ وليس تمجيدي، فأنا مجرد عصا يمسكونها ليضربوا بها ظهر الأستاذ لأنهم يغارون من نجاحه الذي حققه ـ كما أفهمني ذات يوم ـ بعيدًا عن الأحزاب والتنظيمات السياسية التي تُلمع كُتابها وتُمجدهم ليل نهار على الفاضي والمليان. ولا تنسَ (أنا أقول لعقلي) أن هؤلاء الولدان كانوا ينجحون في الضحك على عقلي بوسائل يصعب على مثلي مقاومتها، كأن يدخلوا عليَّ بكاميرات التلفزيون، أو ميكروفونات الإذاعة، أو مصوري الصحف ومعهم مذيعات ومحررات، ويتحدثوا معي باعتباري مصدرًا من المصادر التي يستقي منها الأستاذ بعض إلهاماته، وشيئًا فشيئًا يدخلون في

تفاصيل محرجة، إذ أشعر أنهم يجرجرونني بصنعة لطافة لكي أتهم الأستاذ صراحة بأنه سرقني وتاجر بحياتي».

تحت تأثير الحجرين كنت أسترسل في الكلام ولكن بعيدًا عن الاتهامات، أحكي لهم نفس الحكايات التي كنت أحكيها للأستاذ عن حياتي، حيث كان يأخذ منها بعض الملامح ليذيبها في بحر أوسع من قنواتي، وكنت أشعر أن هذه الحكايات لم تترك فيهم ما تركته في الأستاذ من أثر؛ إما لأنهم لا يملكون عقل الأستاذ وبالتالي لم يفهموا منها ما فهمه هو، وإما لأن حكاياتي في الأصل قديمة وغير مثيرة. لكنني كنت على ثقة من أن الأستاذ هو الوحيد الذي يتذوق حكاياتي ويتأثر بها، لأن قلبه مفتوح على قلبي، ولأنه داخ في الحياة مثلي وجرب ما جربته من آلام وتشرد. الأكادة يا أبو العم أن طائفة من السوس الصغير الذي يعيش على الفضائح، وما يُسمى بـ«الخبطات الصحفية المثيرة»، جاءوني ذات ليلة ومعهم شخص مهوش الشعر لم أستَرِح لعينيه الواسعتين الصفيقتين، طويل رفيع لكن كرشه ممدود أمامه كقِدرة العرقسوس، قالوا لي إنه كاتب مشهور واسمه... اسمه... اسمه... حاجة فيها الزبير أو شيء من هذا القبيل، أشار إلى واحد معه لم أكن رأيته من قبل وقال إنه محامٍ، وإنه على استعداد لأن يرفع باسمي قضية ضد الأستاذ. اغتظت منه، واحتقرته، ولولا أنه ضيف في بيتي لطردته شر طردة. لكنني قلت له ساخرًا: «كم من الأموال تظن أن المحكمة تحكم لي بها؟ عشرين ألفًا؟ خمسين؟ مائة؟ لقد صرفنا أنا والأستاذ أضعاف هذا المبلغ على دماغنا وحده في لحظات سعادة ووئام». في نفس الليلة حضر الممثل محمود، الوحيد الذي

ينافسني في حب الأستاذ، والوحيد الذي أحترم كلامه وأصدقه كله، قال لي في نبرة صدق وإخلاص:

ـ يا عم أحمد، هؤلاء الخبثاء يُعيِّشونك في وهم، ولسوف تخسر صديقك الوحيد الذي يحبك ويحترمك بصدق وصفاء لا يعرفه هؤلاء، إن حكاياتك التي حكيتها للأستاذ لا تقدم ولا تؤخر بالنسبة له، إن الحكايات على قفا من يشيل، ملقاة على قارعة الطريق! وأي رجل مجرب مثلك، وما أكثرهم في الحياة، يستطيع أن يحكي للأستاذ ولغيره مئات من حكايات أعمق وأهم من حكاياتك الطريفة! والأستاذ بالتأكيد يعرف الكثيرين غيرك ويستمع إليهم مثلما يستمع إليك، ويأخذ منهم مثلما يأخذ منك ومن غيرك!

إن العبرة يا عم أحمد ليست بالحكايات ولا بالتجارب، ولكن بالقدرة على كتابتها واستخلاص المفيد منها. وكونك حكيت للأستاذ بعض الحكايات وصاغ من بعضها بعض المشاهد أو القصص أو حتى الروايات، لا يعطيك أي حق عنده، لأنك أنت نفسك بكل حكاياتك، أنت وغيرك من الناس، مجرد مادة خام تدخل في معمله فيصهرها كلها ويضيف إليها كيماويات فنية، ثم يصبها في قصص وروايات ومسرحيات.

وأتحداك أن تضع يدك على شيء منها وتقول هذا أنا، لأنه حتى لو أراد أن يكتب قصة حياتك كما حدثت وباسمك المدون في شهادة الميلاد، فلن تجيء القصة قصتك في النهاية، لا بد أن تختلف اختلافًا كبيرًا، بل إن الأستاذ نفسه لو كتب قصة حياته

هو نفسه كما حدثت له، فلا بد أن تختلف القصة عن الأصل الواقعي، لأن الخيال يتدخل؛ فيضيف ويحذف ويبتكر تبعًا للمغزى المراد توصيله.

هذا هو الفن يا عم أحمد كما نتعلمه في الأكاديميات والمعاهد، والفنان الحق هو من يملك القدرة على إعادة صياغة الواقع في صورة مختلفة عن الأصل تكون أكثر تعبيرًا عن الواقع. الدليل على ذلك يا عم أحمد أنك حكيت حكاياتك هذه كلها عشرات المئات من المرات أمامهم جميعًا، ولا تزال تحكيها هي نفسها، فهل كتبها واحد منهم أو حتى استفاد بها في عمل فني كما فعل الأستاذ؟! إنهم يحقدون على الأستاذ ويلعبون بك باعتبارك الطرف الأضعف، أما الأستاذ فلا يقتربون منه إلا لكي يُسمعوه كلامك الذي سجلوه عليك، ويتخذوا منك مادة للضحك والسخرية.

اعقل يا عم أحمد ولا تخسر الأستاذ بالمجان. ثم إنك لا بد أن تفهم أن الأستاذ ليس عضوًا بمجلس الشعب لكي تطلب منه خدمات، كأن يذهب معك إلى قسم الشرطة مثلًا أو إلى رئاسة الحي أو أي جهة تكون لك فيها مصلحة! أنت لا يجب أن تزعل منه إذا لم يفعل لك شيئًا من هذا، لأنه بكل بساطة لا يستطيع أن يكون وسيطًا في مثل هذه الأمور، كما أنه لا يضمن أن من سيذهب إليه سيعطيه حقه من الاحترام الواجب وينفذ له ما يطلب.

كلام الولد محمود عشش في نافوخي يا ابو العم، فهمته

واستطعمته فوجدته عين العقل. شعرت بأنني محقوق للأستاذ، شعرت باشتياق شديد إليه. منامات كثيرة جدًّا رأيتها في فترة غيابه وأريد أن أحكيها له قبل أن تتبخر من دماغي، لأجد لديه دائمًا أبدًا تفسيرات مقنعة لها، وأجد في تفسيراته تلك تنوير النفس وفهمًا لما لم أكن أفهمه في نفسي من قبل. اشتقت إليه والله يا ابو العم، ففي حضوره توسيع لمداركي وعيني، وأما في غيبته فلا حكي ولا كلام ولا حياة، ولا أي شيء سوى الشعور بالوحدة والكآبة. وما بقي من العمر لا يسمح بصداقات جديدة متينة كصداقة الأستاذ الذي منحني موهبة الحضور بين المثقفين، أعاد صياغتي، صيَّتني، أدخلني التاريخ أنا وحرمي وعيالي وأهلي. في حين أكل مني السوس ما أكل، ونخرب في كل جانب من جوانب علاقتي الطيبة، وخرب في قلبي مناطق، وأصاب نفسي بالكثير من العطب.

أفقت من هذه الهلوسة مع نفسي، فوجدتني قاعدًا على رصيف مقهى الغول، في نفس المربع الذي يهواه الأستاذ، ظهري لكشك الحواوشي ووجهي في اتجاه الدحديرة تحت القبوة الأثرية التي يجيء منها الأصدقاء راكبين أو راجلين.

الوقت كان أصيلًا، وقد استسلمت للوهم اللذيذ بأن الأستاذ لا بد آتٍ كعادته في مثل هذا الوقت. كل سيارة فولكس بيضاء تطل من تحت البوابة تنفض قلبي نفضًا، في انتظار أن تركن السيارة بحذاء الرصيف وينزل منها الأستاذ لينصب القعدة، ويهل الصحاب والأحباب كلما أقبل المساء. ورغم تأكدي من أن الأستاذ قد انقطع عن المجيء إلى القهوة إلا في زيارات خاطفة متباعدة، بعد أن ضاق

بعِشرة السوس وطفش من أكلانه ونخربته، فإنني مع ذلك كنت على يقين بأنه لا بد أن يعاود المجيء في يوم من الأيام لنستأنف سيرتنا الأولى، خاصة أن هذا المكان بأهله، بروحه، قد بات جزءًا من ميراثه وكل حاضره. كذلك أنا واثق بأنه لن يفرط في صداقتي مطلقًا، وهذا ما يتأكد لي يومًا بعد يوم.

الآن فحسب تبين لي أنني تطوحت كثيرًا وترنحت بعيدًا عنه بفعل سم السمامين الناقصين، حتى كادت تأكلني الذئاب. قلت في عقل بالي: «أنت الذي أهملت أمر العلاقة، وتخيلت أن صحبة السوس البراق تغنيك عن صحبة الأستاذ، وكان يجب أن تقدر ظروفه وتسأل عنه، بدلًا من أن تضع ساقًا على ساق وتنتظر أن يجيئك لحد عندك مثلما يفعل السوس ممن لا هدف لهم سوى البحث عن قعدة آمنة وحجرين بالمجان».

انهمرت في الحال دموعي يا ابو العم، تركتها تفعل مشتهاها، حتى شعرت بأن قلبي قد ارتوى جيدًا من نهر الدموع، فلم يترك دمعة إلا شربها، لدرجة أنني حين مددت المنديل لأجفف به عيني لم أجد فيهما ثمة من دموع، لكن الصفو في عيني كان رائقًا. صارت نظراتي تتنقل بحرية كأنني كنت محبوسًا في قمقم كئيب عفن الرائحة وطلعت منه لتوِّي، لكن نظراتي ما لبثت حتى تجمدت. انتفض قلبي كعصفور أصابته نبلة، نشف ريقي كأن الدماء كلها قد انسحبت من عروقي، تشككت في صحوي، مررت كفي على عينيَّ وفتحتهما من جديد لأرى نفس ما رأيت، صفقت طالبًا محمود النصبجي ليوافيني بحجر على الشيشة وكوب شاي.

إلى أن جاءني ما طلبت كنت لا أزال أحملق فيما رأيت مسلوب الإرادة غير قادر على الإفصاح، لقد رأيت الشجرتين اللتين سبق أن رأيتهما في المنام منذ سنوات طويلة مضت، في نفس المكان في أعلى الرصيف على تخوم الحارة الفاصلة بين المقهى ودكان سيد النجار. نفس الطول، نفس النوع، نفس الوضع: واحدة عفية طالعة عريضة الفروع فصيحة مشرقة راسخة في الأرض بقوة. أما الأخرى فطويلة مهزولة هفتانة خفيفة الشخصية تتمايل ــ وجعًا لا طربًا ــ إذا مر بها النسيم فما بالك لو عصفت بها ريح؟! كان من الواضح أن جذرها غير متمكن من أمه الأرض جيدًا، وأنها مصابة بعطب ما. يا سبحان الله! نفس المنظر الذي شاهدته في المنام يتكرر بحذافيره حيث الشجرة الطويلة تكاد تنكسر من شدة الميل هنا وهناك.

بما أنني أفهم في الزرع، وفي الشجر بوجه خاص، عرفت في الحال محنة هذه الشجرة: لقد تلقت كمية هائلة جدًّا من المياه القذرة وهي بعد لم تتجذر في الأرض، فالإغراق كالجفاف، كلاهما يميت الشجر بالذات. سوء حظ هذه الشجرة أنها في ملقف، لأنها أقرب إلى الجالسين على الرصيف من الأخرى بمقدار معقول. من هنا جاءتها النكبة؛ ما يتبقى في الدلو من ماء الرش يدلقه الولد فوقها، فيتجمع الماء القذر في الحوض المصنوع لها من حجارة الرصيف. إذا أراد زبون تغيير ماء الشيشة يدلق ما فيها من ماء مصنن في الحوض، إضافة إلى أعقاب السجائر. على أن أكبر نكبة منيت بها هذه الشجرة كما يبدو لي، هي أن جذرها لا بد أن يكون قد

اصطدم بفراغ تحته، خاصة أن هناك سراديب قديمة تحت هذه الدحديرة، إضافة إلى بئر قيل إنها كانت مخصصة لساقية مسجد قايتباي لزوم الوضوء.

ناديت محمود النصبجي وسألته:

ـ متى زرعتم هاتين الشجرتين يا محمود؟!

ـ من شهور طويلة يا عم أحمد.

ـ عجبًا! لكني لم أرَهما من قبل أبدًا!

ـ سلامة الشوف يا عم أحمد.

من شدة حزني على هذه الشجرة وتعاطفي معها طقت الصورة في دماغي، فأطلقت صرخة مدوية كانت أشبه بالموسيقى التصويرية لِلَقطة سينمائية ذات دلالة عميقة، هذه الصورة التي طقت في دماغي يا ابو العم هي أن هذه الشجرة المشرقة الراسخة قد تشابهت في نظري مع الأستاذ، ضاربة إلى القصر مثله، ملآنة مثله، منسقة محبوكة مهندمة من تلقاء ذاتها، ضاحكة الوجه مثله. وبناء عليه يا ابو العم فإنني أكون هذه الشجرة الثانية التي تَسلط عليها السوس البشري فأغرقها بمياه عطنة مليئة بالأقذار، حتى تَفزز جذرها وصارت قريبة من الذبول. حقًّا يا ابو العم، ما أشبه كلينا بهاتين الشجرتين، زُرعتا على أرض الصداقة والمحبة، وتسلَّط الناس على واحدة منهما فزعزعوها.

قلت في عقل بالي: «هذا هو الإلهام بعينه. لقد هيأ الله لي هذه الشجرة في المنام وفي الصحو لكي ينبهني، بل يحذرني بأنني يمكن أن أصير مثلها إذا بقيت أتلقى سموم السوس وأهمل في

٣٤

الاتصال بالأستاذ». انتفضت واقفًا، لقد قررت أن أفرض عنايتي على هذه الشجرة. وفي الحال قال لي عقلي: «بل إن شجرة الصداقة هي الأَولى بالرعاية يا تخين المخ!». قلت: «وجب!». قال: «ثبت جذرك في أرض الصداقة! لقد نخرب السوس تحت جذرك فزعزعوك! ولكن بمجرد اتصالك بالأستاذ تعود الأرض القديمة تحت قدميك».

وفيما كنت أغادر المقهى كنت موزعًا بين رغبتين ملحتين تطلبان التنفيذ الفوري: أن أبحث عن صلابة أربط فيها الشجرة لتمنعها من التهاوي، وأن أستوقف سيارة أذهب بها لزيارة الأستاذ في بيته الذي بدا لي ـ لأول مرة ـ أقرب مما كنت أتصور.

الرجل الطائر

كأنني لا أزال صبيًّا في حوالي السادسة عشرة من عمري، وكأنني لم أخرج من بلدتنا كوم سعيد، ولم أرحل إلى أسيوط ثم إلى القاهرة لأصير سماكًا مشهورًا. رأيتني قادمًا من سرحة غامضة، لعلها واحدة من سرحاتي بين الغيطان والأجران لسرقة شيء من المحاصيل يأكل منها إخوتي، إذا بي أمام عشة مبنية بالطوب الأحمر كدار لماكينة مياه تحفظها ويبيت فيها خفير. هذه الماكينة بالذات كان يحرسها أبي منذ عدة سنوات قبل موته، وفي هذه العشة كنت أقضي الليل معه. أعرف العشة جيدًا، ولكن ما كل هذه الأملة التي صارت فيها؟ لقد غفقت بالأسمنت والمونة، وتلونت ببوية الزيت الحمراء، وارتفعت جدرانها، وأحيطت بعناقيد من اللمبات الكهربية الساطعة ـ مع أن بلدتنا لم تدخلها الكهرباء ـ فصارت العشة غارقة في بحر من الضوء الخلاب، فلا بد أن شيئًا مهمًّا وجليلًا يحدث فيها الآن، لا بد أن أشوفه.

درت حولها لأنحشر بين الداخلين من الباب، فإذا على الباب خفير نظامي بلبدة ذات نحاسة صفراء والبندقية معلقة في كتفه. حملقت

في وجهه فإذا هو أحمد أبو ضيف، أحد أصهارنا، فمتى أصبح خفيرًا نظاميًّا وعهدي به رجل مخربشاتي ابن ليل ممن نقلدهم أنا وصبيان حارتنا؟! كان ممسكًا بالخيزرانة يطارد بها العيال، نالتني عصاه من بعيد بلسعة خفيفة. غافلته وتسللت إلى الجدار الخلفي الملاصق للزراعة، أخذت أدحرج قطعًا من الحجارة الكبيرة حتى تمكنت من وضع حجرين فوق بعضهما. أتيت بدلو مخروم القعر، قلبته فوق الحجر، رصصت فوقه قوالب طوب كانت مرمية، تسلقت كل هذا، شببت على أطراف أصابع قدميَّ، مددت ذراعيَّ عن آخرهما، فطالت يداي حافة الجدار، قبضت عليها جيدًا، نترت جسدي لأعلى نترة قوية، عافرت بساقيَّ حتى صرت باركًا فوق الجدار، لأفاجأ بما لم أحسب حسابه: للعشة سقف مصبوب بالبُتُن. في نفس اللحظة رأيت أحمد أبو ضيف واقفًا تحت الجدار هاتفًا في تحذير عائلي:

ـ جدك الحاج محمد جاي حيقتلك، إنت حر بقى!

هو الآخر لم أحسب حساب كرباجه الذي يشرخ جلدي كلما وقعت تحت يديه. ركبني الرعب، انكمشت على نفسي مستوحيًا منظر القطة حينما تتجمع على نفسها لتلقي بنفسها من علٍ. لكن جدي الحاج محمد ظهر بالفعل خارجًا من حارتنا متجهًا نحونا، وصار من الواضح أنه رآني. بطني سابت، ما دريت إلا وشبح طائر في السماء كطائرة تريد أن تقع فوقي. رفعت رأسي إليها مرعوبًا، فإذا هي رجل ضخم الجثة كفيل، كالرجل الذي يظهر على الشاشة في الأفلام الأجنبية ويسمونه «طرزان»، يفرد ذراعيه كجناحين، هبط بجواري قائلًا: «اركب!». طاوعته في الحال، ركبت فوق ظهره مطوقًا

عنقه الغليظ بذراعيَّ. طار بي في السماء، صار يعلو، يعلو، يعلو، حتى اختفت دُور بلدتنا والأرض كلها، لم يعُد تحتنا وفوقنا إلا سماء في سماء. الفزع من فوقي ومن تحتي وأنا أصرخ: «في عرضك أنزلني في أي مكان». صاح بي: «تبطل شقاوة؟». قلت: «تبت». فدفع بعنقه إلى الوراء، فانفكَّ تطويقي، فصرت معلقًا في الهواء كخرقة تطوحها الرياح في كل اتجاه. كان هبوطي بطيئًا أول الأمر، ثم أخذ يزداد سرعة حتى ارتطمت بالأرض فتكسرت ضلوعي وماتت صرختي في أنة مكتومة. وإذا بي قد وقعت عن الدكة الخشبية التي أنام عليها في حجرة أستأجرها في حارة عتيقة في أسيوط.

مرت شهور طويلة طويلة لا أذكر عددها، تبت فيها إلى الله عن كل معصية، تزوجت من بلدة كوم إسفحت على نقاوة عين أمي، خلفت بنتين، تركت الجميع في دارنا في كوم سعيد وصرت أرسل لهم حوالة بريدية كل عشرة أيام، وأسافر كل شهر فأنام في حضن زوجتي ليلتين ثم أعود إلى أسيوط أشوف شغلي. صرت أصلي الفرض بفرضه في جامع سيدي جلال مع الناس المؤمنين الطيبين، حتى نبتت لي زبيبة صلاة كالتينة المجففة. مسبحة طويلة في يدي على الدوام، على حباتها أذكر الله الذي هداني. الرجل الطيب أحمد الشماع الفولي القمامشي حط عينه عليَّ فانبسط مني؛ أمانة وصدق وقناعة في البيع والشراء، ومقابلة كل أذان في سيدي جلال، فقال لي: «افرش قدام دكاني ولا يهمك من أحد». الله أكرمني في هذا المطرح، صارت الأشيا معدن.

ذات ضحى والسوق حابك والزبائن تحتاط بفرشي، جاءت

امرأة جميلة سبحان الصانع، تضع اليشمك على وجهها، لكن، لا اليشمك ولا الملاءة اللف أخفيا تفاح وجهها ونظرة عينيها الساحرتين الواسعتين كميدان سيدي جلال، وجسمها المقلوظ المحبوك المسبوك المصبوب في قالب إلهي جبار. قلت لنفسي: «كسبنا صلاة النبي، نهارنا فل بإذن الله». وميَّلت نظري نحوها أريد أن أمشيها قبل غيرها. كانت واقفة على مبعدة، تستند بكوعها على نحاس شباك الحاج أحمد الشماع، فلما تلقت نظرتي أشارت لي بذراعها البضة الملآنة بالأساور إشارة معناها: استمر في البيع واتركني قليلًا. في نفس اللحظة كان هناك رجل ممن يصلون معي في سيدي جلال كل فرض، يقف في مواجهتي على مبعدة، ويرسل لي نظرات غريبة مخيفة غامضة. احترت بينهما معًا، لا هي تريد أن تتقدم لتشتري، ولا هو يريد أن يسحب نظراته ويمضي لحال سبيله. أهملتها بطبيعة الحال، واندمجت في البيع حتى فرغت السبوبة إلا من حفنة تزن ثلاثة أرطال بالكثير، وأنا أريد أن أجامل هذه المرأة بسمك يليق بها.

اختفى صاحبنا ذو النظرات الغريبة الغامضة، تباعدت الدقائق بين انصراف زبون ومجيء زبون. وليتُ وجهي نحو المرأة:

ـ طلباتك يا ست هانم؟

اقتربت مني:

ـ أنا في الحقيقة عايزاك انت!

ـ خير يا ست هانم؟!

ـ أحب أعزمك على الشاي في بيتي.

ـ يتنُّه عامر. أهلًا وسهلًا. وماله.

ـ عندي مشوار لحد بنزايون. مسافة ما أرجع تكون انت خلصت البيع، آخذك لأُريك بيتي، ولما تسمع أذان العشاء تكون عندي.

ومشت من غير أن تسمع ردي. وقعت أنا في الحيرة؛ أنا ثور هائج، والمرأة كالمهرة، وهي التي تدعوني بعين تندب فيها رصاصة. فرغت السبوبة، كومت الجنبات، ركنتها في مخزن الحاج، حضرت المرأة، أشارت لي من بعيد، تبعتها، بعد شوارع كثيرة وقفت بي أمام باب حارة سد ضيقة، قالت إن بيتها آخر بيت في الحارة على الشمال. ارتعبت، قلت لها إنني لا يمكن أن أدخل في حارة سد وحدي، قالت إنها ستتسلمني من على باب الحارة عندما أجيء وتسلمني إلى باب الحارة عندما أنصرف.

غسلت جسدي بصابونة معطرة، لبست الجلباب الصوف والشال الكشمير، اشتريت ربع قرش من الحشيش، فركته على علبة سجائر كاملة، قطعة الأفيون ركنتها تحت لساني تذوب على مهل. نطق المؤذن لصلاة العشاء: «الله أكبر»، فكأن مئذنة سيدي جلال بطولها وتخنها وقعت فوق صدري. كتمت صرختي، لكن المرأة كانت واقفة في انتظاري، أمسكتني من يدي ومشت بكل جسارة، دخلت بي آخر بيت على الشمال. في فتحة الباب سلم، بجوار السلم حجرة صغيرة مضاءة بلمبة جاز نمرة خمسة، مفروشة بحصيرة ومسند، دخلت وراءها إلى هذه الحجرة، لكنها خايرت نفسها وارتدَّت عائدة: «نطلع فوق أحسن». طلعنا، حجرة صغيرة أخرى مضاءة بلمبة جاز وفيها سرير سفري وكرسي واطئ فوق حصيرة ملونة وصندوق

غطاؤه جملون، على السرير طفلتان جميلتان نائمتان. أجلستني على الكرسي وتربعت هي على الحصير، سحبتْ عدة الشاي من تحت السرير، أشعلت الوابور فيما رحت أنا أبحثُ في منظرها عن سر هذه العزومة رغم أنها لا تعرفني ولا أعرفها.

لاحظت أنها خلعت الثوب الأسود وبقيت بثوب وردي شفاف، عاري الكتفين والذراعين والنحر ومنبت الثديين، الأمر إذن واضح فيما تخيلت. أشعلت سيجارة محشوة بالحشيش، فما إن طلعت الرائحة حتى اكفهر وجهها وصاحت: «أطفئها». فأطفأتها في الحال. رأيتها تأتي بكوب زجاجي مستطيل من أكواب العصير ثم تضع فيه حفنة كبيرة من السكر وتدلق الشاي فوقها. نبهتها إلى أنني لا أشرب الشاي حلوًا هكذا، فقالت بلهجة ونظرة ذات معنى غامض:

ـ أعرف! لكن لا تقلب الشاي، اشرب حتى تجد أنك تحتاج
للأحلى فتقلب السكر.

شربت، وكانت كل رشفة أحلى من السابقة. وفيما أعيد لها الكوب ضغطت على إصبعها، فإذا بها تهب واقفة كأن شيطانًا ركبها، صرخت في وجهي:

ـ قُم! قُم حالًا! بسرعة قبل أن أنادي إخوتي يقطعونك!

بكل قوتها دفعتني إلى السلم فتهاويت مترنحًا، ظلت تدفعني بقدمها درجة وراء درجة حتى خرجت من الباب، فأمسكت بيدي وقادتني إلى عتبة الحارة:

ـ كما تسلمتك سلمتك! في ستين داهية!

تلخبط غزلي فيما تلا ذلك من أيام، ظللتُ أسابيع طويلة أكش من

دخولي الجامع، أصبحت شاعرًا بغضب الله يطاردني في المسواق وفي البيع وفي المزاج وفي النوم، لا بركة في أي مكسب، لا راحة في النفس، لا هدوء في النوم. غابت رقة الزبائن، حلت محلها خشونة وأخلاق ضيقة، كثر عدد المرات التي أقلب فيها القرطاس من يد الزبون وأرد له فلوسه. الحاج أحمد الشماع لم يعُد يعطيني ريقًا حلوًا لأنه لم يعُد يراني في الجامع بانتظام كما كنت. أصبحت عيشتي كربًا، لم أعُد قادرًا على نسيان أني تركت صلاة العشاء وذهبت وراء امرأة، وأن الله هزأني في الحال، بهدل كرامتي، قال لي: «نقبك على شونة». صرت أحاول التقرب إلى الله بفعل الخير وتكرار الفرض الواحد لكن دون جدوى، فكلما ركعت رأيت صورة المرأة على الحصير، أحاول إبعادها فلا تبتعد حتى ولو غيرت مكان الركوع.

قال الحاج أحمد الشماع ظُهر أحد الأيام: «تتغدى؟». قلت: «طبعًا». أكلنا في الدكان، بقي رغيف وبعض قطع من الطرشي، مع أول شفطة من الشاي رأيته وجهًا لوجه آتيًا نحو الدكان! الرجل الطائر الضخم بلحمه وشحمه ووجهه الذي حملني في الرؤيا وطار بي في الجو، والله العظيم هو بعينه، قلبي وقع تحت البنك وأنا أبحلق في الرجل فيما هو يقترب منا، إلى أن اختفى الضوء وانسدت فتحة باب الدكان وأخذت الظلمة الكثيفة تقترب من البنك. كان عاريًا بلبوصًا مثلما كان في الرؤيا، يلف خصره بقطعة خيش بالية، يعلق في كتفه مخلاة من القماش المشمع ملآنة بقطع من الحديد والزلط، ويمسك بيده عودًا معقوفًا من الحديد، قال للحاج أحمد الشماع:

ـ أعطني مما أعطاك الله!

الحاج ناوله الرغيف المتبقي من غدائنا، أخذه الرجل مشوحًا بيده الأخرى:

ـ الرغيف ليس له غموس؟!

أيدته قائلًا بصدق:

ـ طبعًا يا حاج! لا بد للرغيف من غموس!

فإذا بالرجل ينفجر في وجهي كماسورة مياه ضاربة، ورذاذ غضبه يتناثر فوقي يبللني:

ـ اسكت انت يا ضلالي يا نجس! من الذي أعطاك الإذن بالكلام؟! لماذا أنت جالس هنا مع الناس الطيبين؟! أنا جئت إلى هنا من أجلك أنت لكي أدكك في الأرض!

ورمى بالرغيف وانصرف. نظر لي الحاج أحمد الشماع نظرة فيها من التشكك أكثر مما فيها من مزاح. كان الرجل الطائر قد أصابني في مقتل، فانتفضت قائمًا، جريت وراءه، لحقت به وهو يهم بدخول جامع سيدي جلال. رفعت ذراعي في وجهه كأني سآخذه بالحضن:

ـ يا عم! لماذا تشتمني مع أني لم أفعل لك شيئًا!

ـ أنت تعرف الذنب الذي اقترفته! أم أنك لا تعرفه؟! أنا راضٍ بذمتك!

بكيت في الحال. قال:

ـ إذن فأنت تعرفه! قل إني تبت إلى الله توبة نصوحًا ولن أكررها!

كررت العبارة وراءه مرتين. قال:

ـ ارجع لشغلك وتذكر دائمًا أنك تبت إلى الله!

ومضى، فجذبته! انتظر! قدمت له بريزة فضية. قال:

ـ ماذا أفعل بها؟ إنني لا آكل! ولا أحتاج للفلوس! وسأصلي العصر في سيدي جلال! والمغرب في السيد البدوي! والعشاء عند أبي الحسن الشاذلي!

ودخل جامع سيدي جلال، وعدت أنا إلى الحاج كي أصطحبه لصلاة العصر جماعة. من يومها انعدل ميزاني واستقام فرضي وهدأت نفسيتي، ولكن النفس أمارة بالسوء حقًّا. روح يا زمن تعالَ يا زمن، فرغت السبوبة ذات يوم إلا من سمكة واحدة قشر بياض تزن أكثر من أربعة أرطال. كش منها الزبائن خوف الحسد، خفت أن تتعفن، حملتها وتجولت بها في شوارع البلدة مناديًا: «صابح يا سمك». نادتني امرأة من شرفة في الطابق الرابع في عمارة عالية:

ـ اطلع يا بتاع السمك.

نظرت لأعلى صائحًا:

ـ معي سمكة واحدة وزنها أربعة أرطال! تلزمك قبل أن أطلع السلم؟

أشارت بذراعها نحو الباب:

ـ اطلع.

طلعت، على آخر سلمة رأيتها واقفة أمام بابها، تلف نفسها بثوب خفيف أشبه بالعباءة. امرأة سبحان الصانع؛ صدر وخصر ومؤخرة ووجه كفلقة القمر، بجوارها خادمة طفلة. كشفت الورق الأخضر عن سمكتي، فبسملت المرأة ناظرة فيها ثم قالت:

ـ كبيرة!

فصرخت فيها بغضب:

ـ قلت لكِ هذا وأنا تحتِ، فما الداعي لتعذيبي؟!

نظرت هي للخادمة قائلة:

ـ خشي جوه يا بنت!

ثم اقتربت مني هامسة:

ـ زوجي مهندس في البحرين من سنين طويلة وأنا محتاجة لك أنت! روح الآن واستحم وغير ثيابك وتعالَ في الساعة العاشرة مساء تجدني في انتظارك.

قلت:

ـ ماشي.

ونزلت جريت على القلَّاي، بعت له السمكة بستين قرشًا بخسارة عشرين قرشًا من ثمنها الأصلي. كان منظر المرأة قد عشش في نافوخي. خطفت رجلي إلى الحمام فاندعكت جيدًا، لبست فانلة وسروالًا جديدين، أكلت دجاجة كاملة في مطعم شهير، حششت وأفينت، ثم اضطجعت قليلًا لأستعد للدعكة الكبرى. خطفني النوم، فرأيتني واقفًا على باب شقة هذه المرأة وأنا في شدة الهياج والانتصاب، وهي في وسط ردهة شقتها نصف عارية تشير لي بيدها أن تعالَ، ولكن الرجل الطائر رابض في فتحة الباب كلب شرس متحفز، وأنا أحاول أن أغافله لأدخل، إلا إنه يتابعني بنظرات شرسة غاضبة مكشرًا عن أنيابه، يزأر كلما تقدمت خطوة. الهيجان قد تلبسني، والمرأة تستعجلني، تحرضني على الدخول إليها. قررت أن أقتله، صرت أفكر بسرعة في شيء أضربه به ضربة واحدة تُجهز عليه. لمحت العود الحديد المعقوف بجواره، انقضضت عليه لأخطفه،

فإذا بالرجل ينتفض واقفًا يطلق زئيرًا كالرعد يريد الهجوم عليَّ، فكأن العمارة كلها تميل فوقي. صرخت فزعًا، ثم انتفضت فإذا بي أطير في الجو مثله برهة خاطفة، ثم وجدتني واقفًا فوق سلم رخامي في مسطاح النهر على شاطئ أسيوط، كان الأهالي يسمونه «سلم الملك»، إذ إن باخرة الملك كانت ترسو عليه حين يزور الملك أسيوط فيصعد عليه من الباخرة المحروسة، وكنا كثيرًا ما نلعب فوقه بعد قيام الثورة. وفي اللحظة التي خيل لي فيها أن الموج يصعد ليطولني، صحوت لاهثًا مضطربًا، كانت الساعة لا تزال الثامنة مساء، فاستعذت بالله من الشيطان الرجيم، لبست ثيابي ونزلت. قادتني قدماي إلى دكان الحاج أحمد الشماع، فرأيته يغلق الباب إغلاقًا مؤقتًا ريثما يصلي العشاء في سيدي جلال، فلما رآني ابتسم، أعطاني إبطه فأدخلت فيه ذراعي، وحين شرعت أركع كانت صورة الرجل الطائر تضمحل من رأسي شيئًا فشيئًا فلا يبقى منها سوى ابتسامة ماكرة.

تحويد الحظ

كنت متأكدًا أنني اليوم في راحة من الشغل، ولهذا لبست ثيابي النظيفة وتمنجهت على سنجة عشرة، وجئت أتمشى ها هنا بقصد الفسحة مثل علية القوم.

هناك اعتقاد راسخ في عيني بأن الدرب الذي أمشي فيه الآن بين صفين من أشجار غريبة لا أعرف اسمها، هو الدرب الموصل إلى سوق السمك في مدينة أسيوط، وأنه في نفس الوقت مسطاح النهر، مع أنني متذكر أن سوق السمك في مدينة أسيوط يبعد عن النهر بمسافة كبيرة جدًّا. كما أنني متذكر أني ضقت بمدينة أسيوط كلها، وطلبت شم الهواء النقي بعيدًا عنها قرب النهر، فما بالي أمضي الآن في اتجاهها كأنني تصالحت معها؟! إذن فلا بد أن يكون هناك شيء دفعني للسير في هذا الطريق غير مسألة الفسحة هذه. جعلت أعصر دماغي باحثًا عن حقيقة هذا المشوار الغامض، لكنني لاحظت أن دماغي مدووش وكل ضجة السوق تطن فيه كخلية النحل.

ما لبث الطريق حتى اختفى من أمامي. اضمحلت الأشجار، ثم الأسفلت، فإذا بي واقف في مسطاح النهر مرتديًا ملابس السوق

الزفرة. خطر لي أنني كنت آتيًا إلى هنا ـ ربما ـ لملاقاة قوارب الصيد التي أعرف أنها ترسو سرًّا على هذا المسطاح البعيد، لتبيع حمولة صيدها للتجار المعلمين الكبار، بدا لي أنني صرت معلمًا كبيرًا مثلهم، أشتري وأبيع بالجملة للباعة السريحة أمثالي. تساءلت: «متى صرت معلمًا كبيرًا أصاحب حلقة تبيع بالجملة؟ وأين تكون حلقتي من سوق أسيوط؟». فلم أجد لذلك أثرًا في رأسي. خيل لي أنني ربما أكون جئت لأصطاد بنفسي، ولكن أين هي أدوات الصيد؟ لا سنارة معي ولا شبكة. لو كنت أمام بركة صغيرة لقلت إنني سأخوض في قاعها لأمسك الأسماك بيدي في الماء العكر، غير أني أمام نهر جبار تنحني أمامه جباه السفن.

فجأة ظهر أمامي برميل كبير أسود اللون من الصاج الثقيل، ينتصب واقفًا على مبعدة خطوات قليلة. وجدتني أذهب إليه، نظرت فيه فإذا هو ممتلئ لِتِمه بالقراميط الصاحية تتلعبط، تتنطط فوق بعضها بشوارب مشرعة كأسلاك البرق. تفحصتها، كلها ويا للعجب من القراميط الإناث ممتلئة باللحم طويلة القامة، أصغرها في طول الذراع، قدرت وزنها بأكثر من مائة كيلوجرام على الأقل. قلت لنفسي: «لا بد أنها حصيلة صيد قارب محترم استغرقت رحلته يومين»، ثم راجعت نفسي وقلت: «لا، بل هي مسروقة من مزرعة خاصة ممنوع فيها صيد الإناث حتى لأصحاب المزرعة». عيني زاغت، قلبي صار يدق، صرت أتلفت حولي باحثًا عن أصحابه، فلا تقع عيني على أحد، ومياه النهر ساكنة صافية، في قلبها ـ من بعيد جدًّا ـ أعمدة كهربائية مضيئة ومآذن وقباب كأنها مرسومة في مسطاحه البعيد، لا قوارب

ولا صريخ ابن يومين. بدأت أخاف. إن هي إلا برهة قصيرة حتى رأيت ظلًّا يزحف على الأرض نحو البرميل ونحوي. رفعت رأسي، رأيت خفيرًا نظاميًّا على رأسه اللبدة بالنحاسة الصفراء تحمل رقمه، وفي كتفه علقت بندقية حكومية، وفي كتفه الأخرى خريطة الذخيرة. صاح فيَّ بلهجة آمرة:

ـ يلا يا راجل أنت خذ برميلك وارحل من هنا!

صرت أنظر إليه، وإلى البرميل. الخفير ضخم الجثة مفتول الشارب متجهم الوجه لم أرَه من قبل أبدًا في نواحينا، كما أنه يتكلم بلهجة غير صعيدية. خفت منه، ارتبكت. صرخ فيَّ:

ـ إيه! ما سمعت؟!

تلعثمت، أردت أن أقول له إن البرميل ليس يخصني، لكنه هتف:

ـ احمل برميلك وارحل قلت لك! أم تريد أن أدلقه لك في النهر؟!

اقترب، وضع يده على البرميل يهم بدفعه. ارتميت على البرميل، حضنته، صحت فيه باستعطاف:

ـ حرام! شقاء ناس.

ـ إذا لم تحمله وتمضي في الحال سأدلقه في قلب النهر.

ـ الكذب خيبة، هذا ليس برميلي.

حدجني بنظرة لوم غاضبة:

ـ برميل أمي إذن؟! من هنا الآن غيرك؟! ألم يعُد عندكم حياء يا لصوص؟ تعملون عملتكم وتخبئونها في أرض الباشا؟! ألف مرة نبهت عليكم بعدم الرسو على هذا المسطاح ولا فائدة، أتستغلون طيبة قلبي يا حيوانات؟ يا كلاب البحر! لا ينفع معكم

إلا قسوة القلب؟! هيا احمل برميلك يا روح أمك وأرني عرض أكتافك!

أمسكت بالبرميل ونظرت إلى الخفير أنبهه إلى عدم قدرتي على حمل البرميل وحدي، صاح فيَّ:

ـ احمله على رأسك يا بجم.

ـ نعم، ولكن كيف؟!

ـ اخلع هذا الصديري.

خلعته في الحال، أعطيته له، فإذا به يبرمه حتى صار كالحبل، كوره في دائرة معقودة كشال العمامة، وضعه فوق رأسي بمثابة حواية. تقرفصت وتقرفص هو أمامي، أمسكت بيمناي قعر البرميل من حزام حديدي وبيسراي حافة فتحته، كذلك فعل هو هيلا هوب، حزْق وانتفاخ عروق، صار البرميل فوق رأسي كقبة سيدي جلال، صار الخفير الطيب يسانده حتى نهضت معتدلًا في وقفتي، وشيَّعني قائلًا:

ـ اتكل على الله ولا تُرني وجهك هنا ثانية، مفهوم؟

مضيت أترنح تحت البرميل أتحسس الأرض بقدمين حافيتين، وفرحتي بالغنيمة تنسيني ثقل البرميل. وكنت أعرف أنني متجه الآن إلى سوق أسيوط مباشرة، لكي أفرش في المكان الذي اعتدت الفرش فيه كل يوم أمام دكان الحاج أحمد الشماع القماش، الذي أنعم عليَّ بحمايته لي من غيلان السوق الذين طاردوني كثيرًا من جوارهم، لأنني بياع شاطر ومحظوظ في البيع، لشهرتي بالأمانة والقناعة بالربح القليل والصدق في الحلفان، مما يعطل عليهم سوقهم.

ما كدت أقترب من مدخل السوق حتى رأيت المعلم خلف الأحمر

يقف في مواجهتي. هو ليس سماكًا ولا شأن له بالسمك، إنما هو قهوجي متنقل، يدور في السوق بصينية كبيرة عليها أكواب وبراد كبير، ليس يحملها الآن، وهو يعترض طريقي، فكرت أني لم أشكك منه أبدًا فليس له عندي أي طلب. كنت أسند البرميل بيدي وتكاد رقبتي تغطس في كتفي، صحت فيه وأنا أنزاح بعيدًا لأمضي:

ـ هات لي كوباية شاي الحليب يا خلف عند فرشي. وبسرعة وحياة

ابوك لأني خرمان وأريد أن أشق ريقي. نهارك فل بإذن الله.

لمعت في عينيه نظرة خبيثة، مد ذراعه ليستوقفني، فأردت دفعه

بعيدًا عني فاهتز بدني كله تحت البرميل.

ـ انتظر يا ضلالي!

ـ الله يسامحك يا خلف! ما ضلالي هذه الله يكرمك؟! لا نصبت عليك ولا غششتك من يوم ما جئت من بلدتنا لأسيوط حتى الآن، فكيف تشتمني هكذا من الباب للطاق يا رجل؟!

نظر لي بابتسامة خبيثة صامتة كأنها تقول: «اطلع من دول يا نمس». ضقت بصراحة، أهملته ومضيت. تزحزح معترضًا طريقي. تذكرت أنه رجل مهزار وهزاره ثقيل لا يُحتمل، ولهذا فأنا لم أهزر معه أبدًا، فما الذي أغراه بي الآن يا ترى؟! تذكرت نصيحة الحاج أحمد الشماع بأنني يجب أن أكشر عن أنيابي وأصد عني هزار الثقلاء حتى لا تتبعثر كرامتي. نظرت لخلف الأحمر نظرة شر غاضبة، وصرخت فيه بعنف:

ـ اترك طريقي يا خلف وخلِّ نهارك يعدي على خير! اصطبح وقُل

يا صبح خلِّني أشوف السبوبة قبل فسادها!

الكلاحة كلها في وجهه. تشاءمت من كلمة «فساد السبوبة» التي

جرت على لساني، قلت يا فتاح يا عليم يا رزاق يا كريم، صبحنا وصبح الملك لله. تبيَّنت وقوفه لي هكذا كالقضاء المستعجل في هذه الصبحية، فانقبض صدري، فقدت الرجاء في اليوم كله. بكل قوتي زغدته في صدره، فإذا هو صنديد كعود حديد مغروز في الأرض، وإذا هو لا يزال يبتسم ابتسامته الصفراء، ويرشقني بنظرة مليئة بشيء كالاتهام، كاللوم، كالعتاب! فما دريت إلا وأنا أتراجع إلى الوراء خطوتين وأدلق البرميل فوق رأسه.

امتلأت أرض الشارع بالقراميط التي تتنطط، تتقافز، تتلوى على الأرض بكثافة، حتى كأن أرض الشارع غرقت في قار أسود يتموج ويزحف. تفجر الشارع كله بصيحات كيوم الحشر: «حوش يا جدع»، «امسك يا جدع»، وخلف الأحمر قد تقرفص فاردًا حجر جلبابه الواسع، وبيد خبيرة يمسك القرموط من عنقه، ويدسه في حجره وهو يطلق ضحكات شيطانية كضحكات الممثل محمود فرج في الأفلام الخايبة. كل مار في الطريق يجدها لعبة طريفة فيبرك مطاردًا القراميط حتى يمسكها، ليعود فيدسها في حجر خلف الأحمر.

الكل يدس في حجر خلف الأحمر، ولا أثر للبرميل، حتى انتفخ حجر خلف الأحمر من جميع النواحي، ومشى كالمحمل، ومائة كيلو من القراميط الصاحية تنتفض حول جسده النحيف كالعصا، وهو مع ذلك ثابت الخطو، حتى اختفى، فإذا بقلبي يوجعني ودمي يأكلني، فاندفعت أجري في أثره صارخًا ألطم وأبكي بحرقة:

ـ الحرامي! سرق عرقي وشقاي! امسكوه! النصاب الضلالي! يا خلق هوووووه!

لكزتني أم صابر فزعة:

ـ مالك يا رجل؟ عم تخطرف وتصرخ من صبيحة ربنا!

ـ استر يا رب. استر يا رب.

بللت ريقي بجرعة ماء، دلقت بقية الكوز على وجهي، لبست ثياب السوق الزفرة، اتكلت على الله إلى الحلقة لأتسوق وجبتي اليومية. كان صدري منقبضًا فصرت أقرأ آية الكرسي، وإذا بي أمُر أمام بيت خلف الأحمر في نهاية الحارة التي فيها بيتي، فرأيتني أنظر في البيت كأنني أستفهم من منظره عما رأيته منذ قليل. في الحال نط من دماغي سنبل بائع ورق اليانصيب واقفًا أمامي على المقهى ليلة أمس، قال لي:

ـ يا أحمد، هذه آخر ورقة معي، هل تأخذها وتستبرك بها، ربما نفخ الله في صورتها وكسبت البريمو؟! طاوعني وخذها.

شوحت في وجهه، نهرته:

ـ أنت تعرف أنني بطلت هذه اللعبة منذ أن هداني الله للصلاة والصوم. اعمل معروف لا تغريني بالعودة للعب القمار. أنا جربت حظي فيه واشتريت منك ورقًا بفلوس تبني عمارة، ولكن لا بأس، فكانت مما أسرقه، أما الآن فالقرش أنبوبة عرق. اتركني الله لا يسيئك فعندي عيال محتاجين لفلوسي.

ـ طيب! براحتك! ولكن اخدمني وخذها لجاركم خلف الأحمر. أعطِها له وأنت ماشي في سكتك، أوصاني من الصبح أن أبيعه آخر ورقة معي، سألت عنه قالوا روح.

ـ ماشي، سأسلمها له في يده.

دسستها في جيبي وروحت، نسيتها. طبعًا لم أتذكرها إلا الآن. خبطت جبهتي بيدي، قلت: «بس! هذه الأمانة هي التي وزت خلف الأحمر على أن يعترض طريقي. نعم، لقد فهمت الآن كل شيء!». إن خلف الأحمر كان يريد أن يقول لي: «يا من اشتهرت بالأمانة والصدق والقناعة، ما بالك تطمع في ورقتي؟!». ضحكت وراق دمي. طرقت بابه: «صباح الخير يا سي خلف». «صباح النور يا ابو حميد». سلمته الورقة معتذرًا له عن بياتها معي. دسها في جيبه: «كتر خيرك». وسلم عليَّ بحرارة ورجاني أن أدخل لأشرب الشاي، فشكرته ومضيت حامدًا الله.

تسوقت حصتي بسلامة الله، فرشت مطرحي بدون أي نزناز، حضرت الزبائن مع شروق الشمس. بدأت كفة الميزان تروح وتجيء كالمكوك، بدأت المناهدة والفصال الذي يسمم البدن، وأنا أقول لنفسي: «يا سابل الستر، ألجم لساني حتى يفوت اليوم على خير».

في أول الضحى رأيت سنبل بائع الورق مقبلًا يجري، يشق زحام السوق، يتجنب الاصطدام بالفروشات وعينه مني، كان شاحب الوجه يكاد يلفظ قلبه، هتف بي:

ـ الورقة يا أحمد، الورقة، أين هي؟!

صحت في نبرة انتصار كبيرة:

ـ وصلت، سلمتها له في يده.

ثم شعرت بالحسرة والخيبة. صاح هو:

ـ لقد كسبت البريمو.

كدت أخبط جبهتي بكفة الميزان، لكني ضربتها بقبضتي في غيظ شديد فيما أولول:

ـ علمت يا ابو العم.

ـ كيف عرفت؟! متى؟!

ـ علمت والسلام يا ابو العم.

استدار يجري باحثًا عن خلف الأحمر في أنحاء السوق. ركبني عفريت، شعرت أنني قد سُرِقت، سلمت حظي بيدي لغيري، أيضيع حقي أونطة؟! تركت السبوبة، طلعت أجري خلف سنبل لأنبهه إلى حقي. تلفتُّ خلفي قلِقًا، رأيت طفلًا ابن حرام وزَّه شرير كبير، أمسك بجنبة السمك فرفعها ودلقها على الأرض، وكذلك صفيحة القراميط، واختفى.

ارتددت عائدًا أصرخ وألطم خدي، وكل همي أن أعرف ابن من هذا الذي أهدر سبوبتي لكي أقطعه وأقطع أهله، لكنني تقرفصت رافعًا حجري، والناس تصيح: «حوش يا جدع»، «امسك يا جدع». وكلما أمسكت بقرموط نط غيره واختفى بين الأقدام.

المكتوب

رأيتني ماشيًا على غير هدى، لا أعرف إلى أين أنا ذاهب، كما لا أعرف من أين أتيت. الشيء الوحيد الذي كنت أعرفه، هو أن هذه البلدة التي على يميني هي بلدة بني فيز القريبة من بلدتنا كوم سعيد. أما هذا البحر فلا يبدو أنه النيل الذي أحفظ شكله وأعرفه حق المعرفة من يوم أن خلقني الله.

كنت أرتدي كامل ثيابي النظيفة، فأنا في تلك الآونة، كما أشعر الآن، أمضيت مدة طويلة لا ألبس فيها هدوم السوق الزفرة.

كنت أشبه بالحيران، نفسي مصدودة عن كل شيء، وكان البحر يقترب مني، ويقترب معه طريق موحل. فلما أوشكت على الخوض في الوحل انتبهت فجأة إلى قدميَّ، فوجدتني حافيًا. تسمرت في مكاني ذاهلًا، متسائلًا: «ما حكاية الحذاء معي؟». كثيرًا ما أفاجأ أنني أمشي بدونه. صرت أفتش في دماغي. تذكرت كما لو أنني كنت جالسًا على مصطبة من مصاطب بلدة بني فيز هذه، فلا بد إذن أنني نسيت جزمتي هناك. ارتددت عائدًا في الحال، ظللت أمشي محاولًا تذكر شكل المصطبة التي كنت

جالسًا عليها، أو اسم صاحب الدار التي توجد أمامها المصطبة، فلم أتذكر أي شيء على الإطلاق.

صعبت عليَّ نفسي، كدت أبكي من شدة الغيظ من نفسي، لكنني أخذت المصطبة بالشبه، فلما رأيتها تقترب مني قلت ها هي ذي، مع أنني لم أكن واثقًا إن كانت هي أم لا. نظرت حواليها، فرأيت صندلًا إفرنجيًا شكله جديد، من صنادل شركة باتا التي تجد شهرة كبيرة، ويباع الواحد منها بتسعة وتسعين قرشًا، وفيما أعلم فإن الأفندية يفرحون بهذه الصنادل، لأنها من جلد ناعم خفيف، وهي مريحة للقدم. لم أكن لبست صندلًا في قدميَّ من قبل أبدًا، بل كنت دائمًا أنتقد من يلبسونها، لأنهم في نظري غير محترمين، وإلا فما معنى أن تكون أصابع القدمين بارزة ومعرضة للتراب؟! إلا إنني قلت في عقل بالي: «يا ولد البسه وأمرك إلى الله ما دامت جزمتك ضاعت منك، وما دام الله قد وضعه في سكتك بدلًا منها».

لبسته ومشيت أتفاخر ساخرًا من نفسي لشدة خفة هذا الملبوس المخلوع في آنٍ معًا، ولأنه يهدهد قدميَّ فكأنني على وشك أن أرقص. مع ذلك فرحت لأنه جاء على مقاسي بالضبط، ووالله كان شكله جميلًا بالفعل.

خطوة والثانية صرت على شط البحر من جديد، ولكن الوحل قد اختفى، فتعجبت لبرهة من هذا الوحل العجيب الذي لا يظهر للإنسان إلا حين يكون حافيًا. رأيت رجلًا يخرج من قلب مياه البحر مرتديًا ثيابه كاملة ولا أثر للبلل فيها، فتسمرت في مكاني منذهلًا أحاول التمعن في شكله، إذ ربما يكون هو سيدي

جلال السيوطي، أو سيدي عبد الرحيم القنائي، أو أي قطب من أولياء الله الصالحين.

اقترب مني، وقال في ود وبساطة:

ـ تعالَ!

ارتعشت مفاصلي كلها:

ـ أين أجيء؟! هأنذا أمامك فقُل ما تشاء!

أمسكني من رسغ يدي اليسرى في شيء من العشم.

ـ تعالَ دون أن تسأل!

وشدني برفق، فمشيت معه في وجل. فلما صرنا على حافة الماء قال:

ـ انزل!

مغمصت بطني وزغولت وحدثت بها كركبة ودربكة عالية الصوت، وسمعها هو ومع ذلك سلط عينيه في عيني:

ـ قلت لك انزل!

لهجته فيها أمر وإلزام. لففت ذيل جلبابي، وشرعت أخلع ملابسي، فإذا به ينزع الجلباب من يدي صائحًا:

ـ انزل كما أنت بثيابك!

ـ ولكن... الماء!

ـ لا تخَف! إن البلل لن يأتيك من ماء البحر، بل من الخوف! والغرق ليس في أعماق البحر، بل في أعماقك أنت!

فلسفة عميقة لكنها مغمصت بالي، لو لم يقُلها كنت على وشك أن أصدقه وأنزل البحر بثيابي. أمَا وقد أتحفني بهذا الكلام الخنفشاري،

فإن خوفي منه تضاعف. فتراجعت إلى الوراء خطوتين، فما كان منه إلا أن دفعني بقوة جبارة، فتهاويت طائرًا في الهواء صارخًا، والماء من تحتي ينتظر هبوطي، وأنا أصرخ كطفل صغير شاف صاحب الرِّجل المسلوخة. لكنني ما إن هويت إلى الماء حتى انتفضت قاعدًا على فراشي وقلبي يدق بسرعة وقوة شديدتين.

صرت أنظر حولي مستشعرًا الفرح، إنني لا أزال راقدًا في فراشي. أم صابر لم تكن بجانبي، أما عيالي فكانوا متناثرين على الفراش، كل واحد منهم في اتجاه؛ منهم المتغطي، ومنهم العريان. شكلهم كان تعيسًا كاليتامى. وجعني قلبي، تذكرت أن أم صابر قد زعلت مني فلمت هدومها وراحت لأهلها في كوم إسفحت.

تكورت جالسًا في الفراش، عقلي يودي ويجيب: كيف بهذه الولية تفرط في عيالها وتمشي؟! أنا تحملت بسببها غتاتة ناسها وكل أهلها الذين حاربوني في رزقي في سوق السمك، فتركت القاهرة كلها وجئت إلى أسيوط هربًا من ولاد كوم إسفحت الذين يحتكرون تجارة السمك هناك. أحد ولاد عمها ـ وما أكثرهم في القاهرة ـ عكنن مزاجي في سوق السيدة زينب، سلط عليَّ ولدًا يضايقني في فرشي الصغير، لأني لساني حلو مع الزبائن ولا أعرف الغش ولا الجشع. بعثر الولد سبوبتي على الأرض، فقدت صوابي، أمسكت بصنجة الميزان التي تزن خمسة أرطال من الحديد الثقيل، ضربته بها في دماغه فطب ساكتًا، فأخذت ذيلي في أسناني وقلت يا فكيك. جئت إلى أسيوط أقلب رزقي. من حسن حظي أنني كنت معروفًا ـ حتى لأصهاري ـ باسم أحمد سعيد،

المخبرون السريون يبحثون عن صاحب هذا الاسم المحكوم عليه بالسجن سنة مع الشغل وغرامة، لأنه أحدث تربنة في دماغ ولد من صبيان السوق.

لما تعبت نفسيتي من المهابرة قلت في عقل بالي: «يا ولد اترك تجارة السمك لحيتان كوم إسفحت وابحث لك عن شغلة آمنة بعيدة عن مجال تأثيرهم». كان عندي جهاز تلفزيون من ماركة أصيلة يعمل بالبطارية السائلة، عدت به إلى بلدتنا كوم سعيد. ربنا ألهمني فكرة أنني صاحب التلفزيون الوحيد في مركز صدفا كله، فقمت بتجهيز مندرة دارنا، وضعت فيها التلفزيون، اشتريت عدة شاي كبيرة، فتحت المندرة لكل الناس، الدخول بقرشين، ومن يشرب شايًا يدفع ثلاثة قروش صاغ.

اشتغلت المندرة يا ابو العم. أثناء عرض الفيلم العربي تمتلئ المندرة عن آخرها بناس يأتون من كل البلاد المجاورة. احلوت الشغلة، فما الذي يجعل أم صابر تتركني وترحل إلى أهلها من أجل سبب تافه أنا نفسي نسيته؟! مع أنها تعرف أنني أحبها وأحب أولادها حبًّا كبيرًا؟!

بعد المنام المؤلم الذي شفته يهددني بالغرق في البحر، قلت يا ولد روح صالحها لعل قلبها يحن.

أخوها الكبير قابلني مقابلة خشنة، قلت لنفسي: «تحمل يا ولد من أجل خاطرها وخاطر العيال». لكنه اندفع، بدأ بالغلط، واختتم غلطه بأن حلف بالطلاق ثلاثًا إن أخته لن تعود معي إلى عيالها، فإذا بي من شدة الغيظ أندفع في الرد عليه:

ـ طلاق على طلاقك إنها إذا لم ترجع معي فإنني في ظرف أسبوع واحد سأتزوج من غيرها!

وقفلت عائدًا إلى كوم سعيد.

صارت الأيام تمشي بطيئة مملة. ولدي صابر ذو السنوات الخمس من عمره حينئذٍ يتعلق بجلبابي طول النهار، وفي الليل ينكفئ على وجهه فيصحو لينكفئ ثانية. يا ولد ادخل ونَم جنب إخوتك، لا. رأسه وألف برطوشة أن يبقى معي حتى أشطُّب وأدخل معه للنوم.

ذات ليلة تأملني زبون كان يجلس على مقربة مني. الظاهر أن منظر الولد قد أوجع قلبه، فإذا هو يقترب مني ويعرِّفني بنفسه:

ـ عبد الرحمن شويحي، تاجر مواشي من بني فيز.

ـ يا مرحب يا مرحب! بني فيز أحسن ناس.

ـ شوف يا ابو العم، أنا عرفتك رجلًا جدعًا، وناسك أحسن ناس في أسيوط كلها، لكن اسمح لي، منظر عيالك وجعني ومنظرك وجعني أكثر.

ـ ربنا يكفيك شر العند، العند يورث الكفر.

ـ اسمع! ربنا أعطاني بنتًا وحيدة، مستعد أن... أزوجها لك، تخدم الولاد بدلًا من هذه البهدلة.

ـ يزيدني هذا شرفًا! أهي صغيرة؟

ـ طبعًا! صبية، ستراها على كل حال.

ـ يدي على كتفك، جميل لن أنساه أبدًا.

بعد ثلاثة أيام جاءني:

ـ سألت البنت قالت أراه أولًا، إذا كان كبيرًا في السن ومكحكًا فلن أتزوجه، وإن كان مشدود الحيل وصحته جيدة فعلى بركة الله.

إلى بني فيز توجهنا مساء يوم طري النسمات على رأي غنيوة محمد عبد الوهاب.

دخلت علينا الصبية بصينية الشاي، قلبي انفتح لها يا ابو العم، صار يرتعش. جمالها سبحان الصانع، طول بعرض، كل شيء فيها مكسم، كل حاجة في جسمها تقول أنا وأنا، صدر وخصر وأرداف ورقبة وعينين وكعبين كريالين من الفضة، عينان واسعتان كعيون البقر مكحولتان بكحل رباني، جدائل شعر ملموم في ضفيرتين، المنديل أبو أوية مائل على الجبين يأكل منه قضمة، حنك واسع مع صدغين مدورين كصدغَي القمر. حاجة تهوس يا ابو العم. هذه الفرسة، المهرة، يمكن أن تكون لي وحدي لا يشاركني فيها أحد! حاجة من اثنين يا ابو العم: إما أن البنت فيها عيب خفي كبير، أو أن هذا الرجل مجنون لكي يزوجها لرجل مثلي يكبرها بما يقرب من عشرين عامًا، أنا دون الأربعين بأربع سنوات، وهي دون العشرين بأربع سنوات كذلك. ولكن ملامح البنوتية واضحة عليها وضوح الشمس؛ صدرها بانكفائه وانزوائه يقول إن يدًا واحدة لم تلمسه من قبل، كذلك وجهها وجميع أنحاء جسدها تنضح عذرية وبكارة. فهل يكون العيب في عقلها مثلًا؟ إن نظرة عينها على درجة كبيرة من الاتزان، والحياء، كلها عقل، حتى ابتسامتها الخجولة وهي تضع الصينية أمامي كانت تشي بأنها تتفحصني من تحت لتحت، أنا الذي يكبرها بهذا العمر الطويل ارتبكت أمامها، وصرت أخفض البصر، وأقاوم حتى لا أبدو صغيرًا في نظرها.

لم أنتظر رأيها، فتحت محفظتي وسحبت ورقة بعشرة جنيهات وضعتها على الصينية، وكانت هذه هي علامة القبول من جانبي، ثم إن عبد الرحمن شويحي دخل فتشاور مع ابنته وزوجته لمدة خمس دقائق وعاد فبشرني بموافقة البنت.

في بحر أيام قليلة انتقلت البنت رحمة إلى داري زوجة لي على سنة الله ورسوله، انتقل هذا الجمال كله إلى فراشي يا ابو العم. ولكن... أرأيت إلى منجاية كبيرة متختخة وملآنة باللحم الشهي تفوح منها رائحة المانجو الفواحة، فإذا أنت تمد بوزك في نهم نحو بوزها المدبب، وبأسنانك تنزع عنها قشرتها، ثم تغرس أسنانك في اللحم تلهط محاذرًا ألا تبقع ثيابك، وألا تفلت من شدقيك فتفوتة واحدة؛ فإذا بك تكتشف أنها مالحة، لا شيء من السكر فيها، وإذا بأسنانك تقع في شِباك من الفتل الدقيقة تتحشر بينها؟

شوف هذه الصورة يا ابو العم وقدِّر أنت حجم الصدمة، هل تراك تبصق القضمة التي هبرتها بحسن نية وبملء فيك من شدة الاشتهاء؟ أم تبلعها وأمرك إلى الله وتنسى قرفتك؟

الله وكيل، لقد بلعتها. لكي أخفف عن نفسي وقع الصدمة فكرت في شيء لعلاج المنجاية المملحة المفتلة، بعصرها مثلًا وإضافة كمية كبيرة من السكر. فعلت شيئًا كهذا بالضبط، جئت لها بقمصان نوم شفتشي، وعلبة تجميل فيها أحمر وأبيض وفيها عطور، وصور نسوان عريانة من المجلات الملونة. حاولت دفعها دفعًا إلى اللحلحة بكل وسيلة، ولكن بلا جدوى يا ابو العم.

تنام بجواري لا فرق بينها وبين شكارة الأسمنت. كنت أحيانًا أقول

لها بصنعة لطافة إن الواحد منا لو داس فوق كاوتش السيارة الداخلي المنفوخ، فإنه لا بد أن يصدر عنه صوت كلما غاصت فيه القدم، لكنها لا تفهم يا ابو العم، لوح لطزانة، أدوس فوقها بجسدي كله فتنفعص وتتبطط فلا تتنفس، وأرفع نفسي عنها فيرتفع الكاوتش من جديد وكأن شيئًا لم يكن. صرت لا أقاربها إلا إذا امتلأت بالتوتر، فأشرب منقوع البراطيش وأروح ألاعب نفسي في الفراش كالمجنون، أغني وأرد على نفسي، إلى أن يهدني التعب فأرقد. ومع ذلك حمدت الله على النصيب، ورضيت به.

مر عام كامل، والبنت الملعونة تزداد حلاوة وربربة وتوردًا، ولكن من الظاهر فحسب، ويزداد طعمها ملوحة. أما جسدها فمتبرئ منها ومني، كلما أمسكت به يفط وينط ويطب ساكتًا في مكانه. لم يرزقها الله بالولد. طوال هذا العام أسألها وتسألها أمها من حين لآخر عن انقطاع الدورة الشهرية، فتفاجأ بأنها لا تنقطع أبدًا. فأيقنت أن الأرض المالحة لا تنبت زرعًا أبدًا. قلت الحمد لله على كل حال، فقد أعطتني أم صابر ما يكفيني من عيال، أتمنى أن يعينني الله على تربيتهم.

الحق لله فيما يختص بعيالي كانت رحمة تعاملهم بحياد تام، فلا هي أم ولا هي زوجة أب، ربما لأن بناتي الثلاث كن في حالهن، ولا يحتككن بزوجة أبيهن إلا في حدود الكلمة الطيبة والسلوك الحسن. كان حزنهن على غياب أمهن ينام بجوارهن على المخدات، وفي الصباح يظل قابعًا في دهاليز الدار وأركانها وتحت الجفون المقروحة. حماي عبد الرحمن شويحي كان يزورني باستمرار في المندرة

المقهى، يشرب الشاي ويتفرج على التلفزيون كأي زبون عادي. وذات ليلة كنت جالسًا بجوار النصبة في انتظار انتهاء فيلم السهرة لكي أشطب وأدخل للنوم. وولدي صابر متكوم جواري ينام على روحه، يصحو برهة وينكفئ برهات، ولا يريد أن يسمع كلامي ويدخل لينام في حضن أخواته. على مقربة مني يجلس حماي عبد الرحمن، وبجواري من الناحية الأخرى يجلس واحد من ولد عمي يُدعى «حسن»، راح يتابع بنظره منظر ولدي صابر. لم يكن يعرف أن هذا الرجل الجالس على مقربة مني هو حماي، فإذا به يقول لي بانفعال جامد:

ـ يا أحمد، ذنب هذا الولد وإخوته في رقبتك إلى يوم القيامة.

وجهت إليه بعيني غمزة رجوت منها أن يفهم أن هذا الرجل الجالس على مقربة منا هو حماي الجديد، لكنه لم يفهم غمزتي، فاستمر قائلًا:

ـ أم العيال يجب أن تعود يا أحمد، اسمع كلامي وضعْ في قلبك شيئًا من الرحمة.

غمزته غمزة أكثر وضوحًا، فتجاهل غمزتي:

ـ لماذا تركب دماغك وتستمر في عنادك؟! يا رجل تعالَ على نفسك من أجل الولاد، أيعجبك منظر ابنك هذا وهو يتكوم أمامك مثل اليتيم؟!

حدث ما لم أكن أتوقعه، كان حماي عبد الرحمن يتابع الحوار باهتمام، فإذا هو يترك مكانه ليلتحق بقعدتنا، ثم يميل على ولد عمي قائلًا في هدوء، وبصوت فيه صدق ودفء لا شك فيهما:

ـ ما دمت حزينًا على الولاد، فهل تضع يدك في يدي ونذهب لنصالح أم صابر على أحمد كي تجيء لعيالها؟!

حملق فيه ولد عمي مأخوذًا بعض الشيء، كأنه يوشك أن يرد عليه قائلًا: وأنت مالك يا بارد تحشر نفسك فيما لا يهمك؟! أنا وولد عمي في كلام عائلي.

قبل أن ينطق ولد عمي بشيء من هذا الذي توقعته، أسرعت أنا قائلًا لولد عمي:

ـ هذا حماي الجديد الحاج عبد الرحمن شويحي.

غلظت الدهشة على وجه ولد عمي، ظهر عليه الكثير من الحرج والامتنان في نفس الوقت. هتف:

ـ أنت الذي يقول هذا الكلام؟!

ـ وأنا قده! ومستعد للتنفيذ في الحال!

ـ كيف يا ابا الحاج! ابنتك؟!

ـ أنا زوجتها لأحمد من أجل أن تخدم عياله، وما دام العيال هم هدفي من حال المبتدا، فإن أمهم لو عادت إليهم فهذا يسرني ويرضي خاطري.

ـ والله عداك العيب يا ابا الحاج.

في صبيحة اليوم التالي توكلنا على الله إلى كوم إسفحت: حماي الحاج عبد الرحمن، وولد عمي حسن، وأنا.

صهري قابلنا بوجه غير مشجع، لكننا احتملناه بصبر، فقد كنا مصممين على عودة أم صابر بأي شكل من الأشكال. كعادته قال صهري إن أخته ترغب في الطلاق، خصوصًا عندما علمت أنني

تزوجت غيرها. اعتدل حماي الحاج عبد الرحمن وأخذه على حجره، يعني لاطفه في الكلام بلسان حلو، استدرجه بصنعة لطافة حتى رضي بأن تجيء أم صابر نفسها أمامنا وتطلب الطلاق بلسانها حسب شرع الله، حتى لا نرتكب ذنوبًا نحن في غير حاجة إليها، فإن طلبت أم صابر الطلاق فإنه سيتم في الحال، وتأخذ جميع حقوقها على داير مليم، هذا ـ عدم المؤاخذة ـ هو عهد الرجال، وإذا هي لم تطلبه فعهد الرجال يحتم على أخيها أن ينزل على رغبتها دون تردد.

الصمت الموتور على وجه صهري كان يشي بأنه يفكر في ملعوب لعين يخرج به من هذه الزنقة. وفي اللحظة التي فتح فيها فمه ليتكلم فوجئنا بأم صابر واقفة أمامنا مرتدية ثياب السفر وبيدها بقجة هدومها:

ـ سا الخير عليهم.

ـ جئتِ في وقتك! أنتِ بنت حلال والله يا أم صابر! ونعم التربية! الله يكرم أصلك!

هكذا بادرها الحاج عبد الرحمن وهو يرمقها بكثير من الإعجاب والتقدير. فقالت أم صابر:

ـ خلاص يا جماعة، لم يبقَ عندي صبر على فراق عيالي، قلبي يأكلني، خذوني معكم، أحمد تزوج أي نعم، الله يسهل له، ما دام هو مبسوط أنا مبسوطة. خلِّ مع زوجته ربنا يهنئ سعيدًا بسعيدة، خذوني لعيالي أخدمهم وأرعاهم. لا تغضب مني يا خوي، إنهم ليسوا عيالك بل عيالي، الوجع وجعي أنا. تعرف يا خوي؟ لو كان أحمد بقي حتى الآن بغير زواج من غيري،

لكنت بقيت على رأيك وما فكرت في العودة، أما الآن وبعد أن تزوج فإنني لا بد أن أكون بجوار عيالي.

بُهتنا جميعًا، ظللنا نحملق فيها صامتين لبرهة طويلة عز فيها الكلام. حتى أخوها نكس رأسه في الأرض محرَجًا وقد ظهر على وجهه أنه مقتنع بكلامها.

عدنا بأم صابر إلى دارنا في زفة كبيرة كأننا عريسان من أول وجديد.

دارنا في كوم سعيد كبيرة، لها فوق السطح غرفة كبيرة، كانت متروكة للمبيت فيها في فصل الصيف لمن يشاء. العيال كلهم ينامون في قاعة أرضية مع أمي. أنا ورحمة في القاعة المجاورة. أما وسط الدار فنفرشه بالحصير ونجلس فيه للأكل والفرجة على التلفزيون قبل انتقاله إلى المندرة مع بداية فيلم السهرة، أو يوضع في الخلاء تحت النخيل إن تكاثر الزبائن. فلما جاءت أم صابر كان من الطبيعي أن ترقد مع عيالها في قاعتهم.

أم صابر جدعة، حكيمة، من أول يوم دخلت فيه دارها قالت لرحمة بصريح العبارة:

ـ يا بنتي، أنا جئت لخدمة عيالي، أما أنتِ فلكِ زوجك ربنا يسعدك به ويسعده بكِ، لا شأن لي بكما، يعني لا يهمك من مجيئي، فكل شيء سيمشي كما تبغين.

استمعت رحمة إلى هذا الكلام الطيب ولم تقُل حتى: «كتر خيرك». وأم صابر لم تكن تنتظر منها أن تقول شيئًا، فما قالته كان حقيقيًّا بالنسبة لها ومتفقًا مع نيتها السليمة في البقاء كراعية لعيالها فحسب. إنما البنت رحمة ملعونة.

في يوم تغدينا وجلسنا نشرب الشاي ونتفرج على التلفزيون. كانت أم صابر على يميني، ورحمة على شمالي. يظهر أن أم صابر نسيت وعدها، ومعها حق، فما بينها وبيني لا يمكن أن ينقطع بسهولة، حتى ولو كان تلك التي يسميها الفقيه بـ«شعرة معاوية»، ولهذا فإن ما حدث من أم صابر يوم ذاك كان بسلامة نية. أرادت أن تمدد ساقيها وتعتدل في قعدتها، فبدون قصد منها أراحت قدمها على ساقي كما كانت تفعل دائمًا لسنوات طويلة مضت، فإذا بوجه رحمة يسودُّ، وإذا هي تصيح في أم صابر بغضب وحقد:

ـ شيلي رجلك!

ولا تكتفي بهذا الزجر القاسي، بل تمد يدها وتزيح قدم أم صابر في قسوة وخشونة وغل، ثم تشد ساقي أنا صائحة:

ـ اتعدل كده! تعالَ هنا شوية!

وتشدني بعيدًا عن أم صابر.

اغتاظت الولية، واغتظت أنا أكثر من شدة ذهولها. كتمت أم صابر غضبها ودموعها، قالت متألمة:

ـ كيف يا بنتي تبعديني عنه؟! إنه زوجي مثلما هو زوجك! أنا الأصل! أم العيال! وأنا كنت تنازلت لك عنه منعًا للمشاكل، ولكن ما دمتِ فعلتِ هذا يا بنت الناس فأنا متمسكة بحقي في هذا الرجل، نعم، لا بد من تقسيم هذا الرجل بيننا بالعدل، بالشرع الإلهي.

قامت القيامة يا ابو العم، ماذا أفعل أنا ومطلوب تقسيمي بين امرأتين؟

لي عمة كبيرة في السن تقيم في الدار الكبيرة التي هي عمق دارنا من الداخل، وسَّطنا عمتي هذه لحل المشكلة فقالت:

ـ الله وكيل يا ولد أخوي، كل واحدة منهما لها فيك حق شرعي، والحل العادل أن تعطي نفسك لكل واحدة منهما أسبوعًا تقضيه معها.

ـ يرضيكِ هذا يا بنت الناس؟

هكذا سألتها، فقالت:

ـ يرضيني، وأنا آخذ الأسبوع الأول من هذه الليلة.

ـ ماشي يا بنت الناس، خلاص يا أم صابر، اتركيني لها هذا الأسبوع.

أخذت رحمة أسبوعها كاملًا، ويوم بداية أسبوع أم صابر كنت أنا في أشد الاشتياق إليها. الولية من صبيحة ربنا ذبحت حمامًا وحشته بالفريك، طلعت إلى الغرفة التي فوق السطح نظفتها وفرشتها لتكون مقرًا ثابتًا لها في أسبوعها، ثم إنها استحمت وغيرت هدومها، صارت على سنجة عشرة.

في الظهيرة أكلت الدار كلها من الطبيخ العمومي، وفي المساء طلعت أنا إلى الغرفة فأكلت الحمام المحشو بالفريك، وشربت الشاي، ولففت سيجارتين بتعميرة جيدة، سيحت سِنة الأفيون المعتبر. ما كدنا نرسو على شاطئ التنهدات في بحر الأشواق ذي الموج العاصف، ويبدأ الالتحام، حتى شعرت بأن هناك أنفاسًا تتردد خارج الغرفة. همست بذلك لأم صابر فلم تصدق، لكنني كنت متأكدًا من وجود حركة أنفاس على بسطة السلم أمام باب الغرفة مباشرة. لبست

الجلباب على اللحم، خطوت على أطراف أصابع قدميَّ، فتحت الباب خلسة، لأفاجأ بالمضروبة رحمة مقعية فوق بسطة السلم أمام الباب تتصنت.

ـ ماذا تهببين هنا يا مقصوفة الرقبة؟!

ـ خفت من النوم وحدي، تعالَ نَم معي، لن أنام إلا وأنت معي.

خرجت إليها أم صابر:

ـ أنتِ يا بنتي أخذتِ أسبوعك أربعة وعشرين قيراطًا، هل نازعكِ فيه أحد؟!

ـ مالي دعوة! أريد زوجي ينام معي.

ـ يا بنتي اعقلي، لا داعي للفضائح في الليل.

ـ ما أنزل إلا به.

فاض الكيل بي. سحبت الخيزرانة، وفين يوجعك. لحمها الأبيض المدكوك صار مخططًا بخطوط زرقاء كزراريق الأرض. لم يهمني صواتها، ولا هياج العيال الذين استيقظوا من النوم مذعورين. حبستها في حجرتها، طلعت لأم صابر ولكن قد تعكر على الآخر، احترقت كل الأنفاس، خمدت الجذوة، حاولت أم صابر تحويل الشرر المتطاير إلى نار مشتعلة فأنقذت بذلك ما يمكن إنقاذه. هدني التعب والنكد فاستسلمت لنوم عميق.

فجأة رأيتني واقفًا على سطح دارنا عاريًا إلا من السروال، وقد أمسكت بيدي فرخ حمام كان من الواضح أنني معتز به وخائف عليه من الطيران، إلا إنني دون توقع فوجئت بأني فككت يدي عن فرخ الحمام شيئًا فشيئًا، كأنني كنت أريد أن أرى ماذا سيفعل حين

يشعر أن القيد قد خف عنه، فما دريت إلا وأنا أطلق فرخ الحمام في الفضاء بإرادتي، ورحت أراقبه وهو يطير ثم يختبئ في الأفق البعيد.

صحوت من النوم متشائمًا من هذه الرؤيا، فلما علمت أن اليوم هو الخميس تذكرت أنه موعد زيارة حماي الحاج عبد الرحمن الذي اعتاد زيارتنا يوم الخميس من كل أسبوع مع حماتي، حاملين لابنتهما منابها مما أكلوه طوال الأسبوع.

الرجل صديقي بصرف النظر عن ابنته وأفاعيلها، وله الفضل في إرجاع أم صابر لعيالها، وأنا اعتدت الترحيب به جيدًا، يعني لا بد أن أذبح له على الغداء.

رحبنا بالرجل على قدر ما استطعنا، إلا إن بنته نكدت عليه وعلينا جميعًا، رأسها وألف سيف أن يأخذها معه إلى غير عودة. لم تتورع عن تعرية جسمها أمامنا لتريه آثار الخيزرانة على ظهرها وفخذيها وذراعيها. تألم الرجل، وتألمت حماتي أشد الألم من رؤية آثار الضرب، وتألمت أنا وأم صابر لألمهما. حكيت لهما ما جرى من ابنتهما، فنكس الرجل وجهه في الأرض برهة طويلة ثم قال:
ـ اسمع يا أحمد، أنا عملت معك الواجب مضاعفًا، أعطيتك ابنتي هذه وهي وحيدتي لكي تخدمك وتخدم عيالك في غيبة أمهم، وساعدتك في الصلح مع أم صابر، وأنا أحب أن تبقى صديقًا لي وأن أبقى صديقًا لك، أزورك وتزورني في كل وقت. وليس لي عندك سوى طلب واحد: أن تطلق هذه البنت الغلبانة وتتركها لحال سبيلها، وهنيئًا لك عودة أم صابر، ويا دار ما دخلك شر.
ـ يعني هذا ما تراه يا حاج عبد الرحمن؟

ـ ليس لي طلب غيره، فأرِحني لنبقى أصدقاء.

ـ خلاص يا عم، اللي تشوفه نعمله.

قمنا في الحال إلى المأذون، طلقت رحمة. قامت هي فلمت هدومها في صرتين. وكانت قد ربت لنا طائفة من البط والإوز والدجاج والأرانب، فأتت بقفة وبدأت تمسك بالدجاج والبط. فصاح فيها أبوها من غيظ ومن كمد:

ـ ما هذا الذي تفعلين؟

صاحت فيه:

ـ زريبتي! تعبي وشقاي!

ـ أمك طالق بالثلاثة إذا أخذتِ شيئًا! هل جننتِ؟ هل دارنا ناقصة؟! هاتي هدومك ولا شيء غيرها!

حملت هدومها، سبقت أبويها إلى الشارع. وحينما مد الرجل يده ليسلم عليَّ ارتميت في حضنه وصار جسدي يرتعش من شدة البكاء، وكنت أشعر بكفه الكبيرة تطبطب على كتفي برفق وحنو، وصوته المخنوق بالدموع يردد:

ـ كل شيء قسمة ونصيب.

مشيت معه لأوصله إلى أول الطريق، فحلف بالطلاق ألا أغادر باب الدار، ودهمني صوت قادم من دهاليز الدار الكبيرة عرفت فيه صوت عمتي العجوز يصيح بعمق يزلزلني من الأعماق: «مكتوووب». والعجيب أنها لم تكن قد علمت بعد بما جرى.

عركة البلدوزر

رأيتني ماشيًا وحدي في شارع لست أعرفه، في مدينة لست منها وليست مني في شيء. مع ذلك كان يظهر لي كأنني وافد إليها لتوِّي كي أبحث فيها عن أكل عيشي. كنت أشعر أن زوجتي وعيالي موجودون في مكان ما من هذه البلدة لا أعرفه، وإن كنت على شيء من الثقة الغامضة في أنني أستطيع الوصول إليهم متى شئت في أي لحظة، إلا إنني لم أكن أريد الذهاب إليهم إلا بعد أن أنتهي من عمل شيء ما، كان من الواضح أنني أريد أن أعمله لكنه غائب عن بالي الآن، وهأنذا أحاول أن أتذكره. صرت أسأل نفسي: «إلى أين أنت ذاهب الآن يا ولد الفرطوس؟».

في الحال فوجئت برجل يلحق بي في الطريق ويمشي بجواري جنبًا لجنب، ورغم أنني لم أكن أعرف من هو بالضبط، فإنني قد شعرت بأني مرتبط به من أول الطريق، لولا أنه ـ فيما يظهر ـ كان يتلكأ في خطوه فيما أنا مسرع الخطى، وبأننا ذاهبان معًا إلى مكان مجهول من أجل موضوع خيل لي أنه يخصني. لكنني بدأت أخاف منه، وزعلت من نفسي: كيف أمشي هكذا كالأهبل في الزفة مع

شخص لا أعرفه في مكان لا أعرفه، مع أنني في الأصل ابن ليل قديم وقاطع طريق سابق، يخشاني أهل أسيوط، ولي صيت كالطبل في الصعيد قبل أن أتوب إلى الله وأبتعد عن الحرام بجميع أنواعه؟!

صرنا في مواجهة مبانٍ متكومة فوق بعضها، كالحة المنظر، يتخللها سكك ودروب كالخطوط المتعرجة. صارت هذه المباني كثعبان يقترب مني فاتحًا فمه يريد ابتلاعي. عندئذٍ شدني الرجل من ذراعي ليوجهني إلى حارة ضيقة، ثم تقدمني. وبعد خطوات معدودة وسط بيوت عتيقة متهالكة توقف صاحبي، فتوقفت أنا الآخر. أشار إلى بيت يتميز عن كافة البيوت من حوله بأنه مرتفع جدًّا، طول جدرانه ثلاثة أضعاف طول جدران بقية البيوت، لكنه بغير سقف، نوافذه وأبوابه منزوعة الدرف، إلا إن شكله مع ذلك مهيب، يُذكرني ببيوت العمد والأعيان في بلاد الصعيد. قال صاحبي:

ـ هذا هو بيتك!

صِحت فيه بفرح:

ـ بيتي؟! تقول إنه بيتي؟!

ـ المهم هل أعجبك؟

ـ مليح! رضا لمن يرضى! هل أنا أطوله؟

ـ مبروك عليك. هو لك!

ـ كيف يا ابو العم؟! هيَّ البيوت مرمية هكذا في الطريق لمن يلتقطها؟!

شدني من ذراعي في مودة:

ـ تعالَ إذن لنتفاهم.

مشيت معه بدون تردد، دخل بي البيت ليفرجني على مساحته وحجراته الكثيرة، سبقني إلى الحجرة الجوانية التي بدت لي من ضيق فتحتها أنها لا بد أن تكون الكنيف، لشدة ما يحيطها ويفح منها من ظلمة ثقيلة. ظننت أنه دخل ليقضي حاجته وسيعود بعد قليل، فبقيت واقفًا في انتظاره. طالت غيبته، فتقدمت في وجل، دخلت من الفتحة بنظرات متفحصة، فإذا هي كبوابة جحا، تفتح على شارع خلفي سرعان ما صرت في قلبه.

اقشعر بدني من شدة الخوف، إذ إن الشارع كانت تشمله ريبة مقبضة. صرت أجري والبيت يجري ورائي، وأنا مع ذلك بين خائف ومسرور، باكٍ وضاحك، إلى أن تعثرت فانكفأت، فارتطمت ذراعي بشيء انبعث منه صوت جعجاع مدوٍّ.

فتحت عيني متأوهًا من شدة الألم في يدي، حيث تبينت أنني لا أزال راقدًا في الدكان بين عيالي، بجواري صفوف من صفائح الملوحة ارتطمت بها يدي فتعورت.

قمت قاعدًا، كان الفجر يقول: «الله أكبر»، نهضت فتوضأت وصليت. ما كاد ضوء الصبح يبص من تحت عقب الباب حتى صحيت أم صابر. رفعنا الباب، سحبنا السبوبة خارج الدكان، بعثت صابر يشتري ببريزة فول مدمس نفطر به.

قلبي وجعني من هذا المنام الغامض المقلق، لكنني سرعان ما نسيته في سوق غمرة، حيث ملأت الجنبة بالسمك الطازج وعدت بها من غمرة إلى منشية ناصر. المنشية حديثة النشأة، مجرد بيوت مبنية بشكل عشوائي على أرض مملوكة بوضع اليد. وقد استأجرت

هذا الدكان من رجل قبطي بواسطة ابن خالتي وزوج أختي دياب منازع، وهو من الذين وضعوا أيديهم على قطعة أرض، وبناها بيتًا على قده. ولأن الدكان منزوٍ في حارة سد ضيقة وبعيدة عن الطريق العمومي، لم يكن الزبائن يعرفون عنه شيئًا. وكانت سمكاتي تتعفن طول النهار، فأعبئها في صفائح وأحولها إلى ملوحة. وكان لا بد أن أذهب بنفسي إلى الزبائن، فصرت أترك عيالي في الدكان يبيعون الملوحة لمن يتصادف مروره في هذه الحارة، وأسرح أنا بجنبة السمك في منشية ناصر وأصعد بها إلى جبل المقطم، وأعود آخر النهار مهدود الحيل.

لما عدت ذلك النهار قالت لي أم صابر إن الحاج مخلوف بعث يطلبني في أمر مهم. الحاج مخلوف هذا يا ابو العم يعتبر عمدة منشية ناصر، الكبير والصغير يلجأ إليه في كل أمر من الأمور، وهو في العادة يبذل جهدًا في الخدمة.

ـ خير يا حاج مخلوف؟

ـ يا ابو صابر، صاحب البيت سيهده ويبنيه عمارة كبيرة، ومطلوب منك إخلاء الدكان لمدة خمسة عشر يومًا فقط، لكي تتسلم دكانًا محترمًا في عمارة محترمة. كل ما في الأمر أنه يرفع الإيجار من مائة وخمسين قرشًا إلى ستة جنيهات في الشهر.

ـ ولكن يا حاج مخلوف الرجل لم يكتب لي عقدًا ولا يعطيني إيصالات بالإيجار.

ـ ومن في منشية ناصر يكتب عقدًا أو إيصالات؟!

ـ هل تضمن لي أنه يعطيني الدكان بعدما يبنيه؟!

ـ طبعًا أضمن لك.

ـ ولكن! دبرني يا حاج مخلوف، أين أذهب الآن بعيالي؟ وصفائح الملوحة أين أخزنها؟

رجل سكران كان واقفًا بجوار الحاج مخلوف يتطوح ويتلعثم، اقترب مني صائحًا في ود:

ـ اسمع يا راجل انت! سأدلك على مكان تضع فيه سبوبتك وجثث عيالك طوال نصف الشهر الذي سيحتاجه الرجل لبناء البيت، تعالَ معي!

صحبني إلى تُرب المجاورين في مواجهة المنشية. البلدوزرات الضخمة كانت شغالة في اقتلاع المقابر واستئصال شأفتها بكريكات مسنونة، تشق ذلك الشارع الذي سمي بـ«الأوتوستراد». عظام الموتى كانت متناثرة في كل شبر من الطريق، ندوس فوقها فيقشعر بدني، يركبني الخوف، تتعلق في حذائي كتل من الشعر، تجر خلفها جماجم سيدات لا تزال طرية. يلتف الشعر النسائي الطويل حول ساقي، أحاول تخليص قدمي منه، فيتقافز الرأس، يتوه في ذيل جلبابي. أصرخ من شدة الفزع، أنحني مقعيًا لأخلص خصل الشعر من نعل حذائي الكاوتشوك المضلع، ألفُّ الرأس بالشعر، أركنه على جنب بين مئات من الجماجم المتكومة؛ بعضها كامل الاستدارة، بعضها الآخر متآكل لا يبقى منها سوى أسنان غليظة منفرجة شكلها مخيف.

صرنا كأننا نجوس في حقل من البطيخ عاثت فيه الذئاب فسادًا.

توقف الرجل السكران أمام حوش واسع مكشوف، سحبني فدخلناه. كان القمر قد هرب من سماء المدينة الراقدة تحت

سفح جبل المقطم، وهي غارقة في سحب ثقيلة من الدخان كشحم سائل. كان كأنه يطوف بهذه المقابر وقد احمر وجهه غضبًا وخجلًا مما يرى، يرتد أحيانًا، مخفيًا وجهه خلف مشربيات السحاب الرمادي، ثم لا يلبث حتى يعود سافرًا ليطل علينا داخل الحوش، يتصنت ويِنده، وأنا وحدي الذي أشعر بما هو فيه من زعل. قال الرجل السكران:

ـ هذا حوش لا صاحب له، انتهى كل أفراد عائلته من الوجود، بيديَّ هاتين دفنت آخر فرد فيه منذ ثلاثين عامًا. يمكنك أن ترص سبوبتك هنا وتظلل على عيالك بشيء من البوص والحصير، وتنام في اطمئنان لمدة جمعتين.

انفجرت فيه:

ـ كيف يا ابو العم أنام هنا وسط عظام وجماجم! تحيط بنا المقابر من كل ناحية؟! عيالي كيف يبيتون هنا؟! إذا كنت أنا خائف، فما بالك بهم؟!

ـ عيب عليك يا رجل! أنت صعيدي فكيف تخاف؟! خوفك يخيف العيال. البلدوزرات شغالة حولك طول الليل والنهار، فممَّ تخاف؟ الحكاية كلها جمعتان اثنتان يكون الرجل قد ابتنى لك دكانًا محترمًا تنتقل إليه.

ربك والحق أنا كنت معجبًا بفكرة بناء الدكان هذه تحت عمارة محترمة، فصدقت الرجل مضطرًّا.

في الصباح ناديت ولد أختي وبعض بلدياتي، نقلنا صفائح الملوحة والحصير والمخدة والبطانية وزير الماء والكام حلة وطبق ألمونيوم.

اشتريت مجموعة من الأسبتة الخوصية والأبراش المصنوعة من ليف النخيل، وحصائر البوص. أقمت ظُليلة مسقوفة وساترًا سترت به عيالي. كانت العيال تقعد قرب الطريق المشقوق المقلقل فارشة بصفائح الملوحة، وأتوكل أنا على الله سارحًا بجنبة السمك.

يوم والثاني، وفوجئت بمهندس الطريق يقتحم العشة ويأمر رجاله بهدمها، ويمشي تاركًا سبوبتي وكل حاجاتي مبعثرة بين الجماجم وعظام الأذرع والسيقان. ما إن اختفى حتى شمرت ذراعي وأعدت نصب العشة من جديد وأويت إلى فراشي. فإذا به يطب علينا في اليوم التالي ويهدمها، فبعد أن مشى أعدت إقامتها، فجاء بعد يومين وهدمها، وكنت في هذه المرة موجودًا. قلت له:

ـ يا سعادة البك هما جمعتان فقط، هل تظن أنني أقبل المبيت بعيالي وسط هذه الجماجم والعظام؟!

رد في قسوة:

ـ أنت صعيدي لبط، جئت تستوطن هنا وتستولي على مكان بوضع اليد مثل أقاربك الذين احتلوا الجبل.

ـ يا سعادة البك، عليَّ الطلاق بالتلاتة هما جمعتان فقط. إن صاحب البيت سينتهي من بناء العمارة بعد أيام وسيرد لي دكاني فيها.

لمحت بعض اللين في ملامح وجهه، خطفت الحصيرة فرشتها بسرعة:

ـ تغديت يا سعادة البيه؟ عندي ملوحة معتبرة تستأهل حنكك، زبدة، أنت معزوم عندي، قُل لرجالك يقعدون.

كان جوعانًا بالفعل. قعد على الحصير، فقعد الرجلان المرافقان له. بعثت ولدي إلى الفرن القريب، فاشترى تلًّا كبيرًا من الأرغفة الساخنة، مع حِزَم من البصل والجرجير والليمون. انتقيت من الصفائح أطيب ما فيها، قامت أم صابر ـ الله يكرمها ـ بفتحها وتنظيفها وإغراقها في الخل والليمون. فردنا كل ذلك على الطبلية فنزلوا عليه حتتك بتتك، مسحوه مسحًا وتجشأوا، ثم شربوا الحاجة الساقعة، وبعدها الشاي. قال المهندس:

ـ معك عقد إيجار بالدكان؟

ـ لماذا عدم المؤاخذة؟!

ـ إن كان معك فهاته لي وأنا أخلص لك الدكان من صاحب البيت.

ـ يا بيه، لا أحد في منشية ناصر يكتب عقودًا.

وقف المهندس، سحب بكرة المتر من جيبه، أخذ يقيس حدود الشارع، ثم خط أربعة أمتار في أربعة أمتار وقال:

ـ غدًا تبني لك تحويطة في هذا المكان على ضمانتي.

قلت لكي أقنعه بصدق وعدي:

ـ ولماذا أبني؟ الدكان أوشك على الانتهاء.

قال وهو ينصرف:

ـ أنا باقٍ هنا على كل حال، إذا احتجت شيئًا قل لي.

ومضى لحال سبيله.

بعد مرور شهرين ذهبت إلى العمارة التي بناها الرجل فلم أجد فيها أي دكاكين. سابت ركبي، جريت إلى الحاج مخلوف، صرت ألطم على خدي:

ـ شفت يا حاج مخلوف! هذا صاحبك لم يفِ بوعده! أنت الضامن له، شردتني أنا وعيالي وسبوبتي! ماذا أفعل الآن؟! دبرني!

هدأني الحاج مخلوف، حلف برأس أبيه أن يبني لي دكانًا في ملكه هو، بشرط أن أمهله قليلًا من الوقت. ربك والحق لم أجد فائدة من البكاء على اللبن المسكوب في الأرض. فوضت أمري إلى الله وعدت إلى المقابر. قال المهندس:

ـ افعل ما قلت لك، الشارع سيتم رصفه، وهذا المكان سيصبح عامرًا بعد شهر واحد، لا تخَف. هذه المساحة التي حددتها لك ليست ملكًا لأحد ولا حتى الحكومة.

ـ ولكن يا بيه! ليس هنا مياه، فكيف أبني؟!

ـ سأبعث لك فناطيس المياه وأنت تبني في الليل.

قام مهندس الطريق بالواجب أربعة وعشرين قيراطًا، أرسل البلدوزر الدكاك فدك الأرض وسوَّاها جيدًا، ثم أرسل فناطيس المياه الحكومية فملأتُ بها البراميل. جئت بالبنا، اتفقت مع المقاول على أن يرسل لي الطوب مائتين ـ مائتين، حتى لا نزحم المكان ونلفت النظر، مسافة ما يذهب ويعود بالمائتين نكون قد انتهينا من بناء المائتين السابقتين، على ضوء كيزان من الألمونيوم ملأتها بالجاز وعبأتها بالخرق البالية وأشعلت فيها النار تضيء لنا.

طلع النهار وقد تم بناء تحويطة تضم حجرة للنوم، وحوشًا لتخزين السبوبة. أتيت بحصائر البوص فطرحتها فوق السقف ومن فوقها طرحت أسبتة وأجولة وخِرقًا.

دارت عجلة الشغل يا ابو العم، الشارع الجديد تم رصفه وبدأ

يشغي بالحركة. ما كاد الاطمئنان يدخلني حتى ظهرت منغصات لم أعمل حسابها: كان الشتاء على الباب لكنني لم أَرَه إلا يوم أن هطل المطر علينا فأغرقنا، لم يعُد في التحويطة كلها خرم إبرة إلا وتكوّمت فيه المياه، شربت حصائر البوص والأجولة مياهًا كثيرة، راحت تصبها فوقنا على مهل في اللحظات التي يتوقف فيها هطول المطر مؤقتًا.

أخذت ذيلي في أسناني وطرت إلى وكالة البلح، فاشتريت خيمة قديمة قماشها سميك ونسيجه مدكوك في بعضه لا يبيت فيه المطر، طرحتها فوق حصائر البوص، ثبتُّ أطرافها في الجدران بعناية. لكنني حينما نزلت هطل المطر، فإذا بخروم مكبسلة في قماش الخيمة، معدة لربطها في بعضها بالخيوط التخينة، راحت تسرب خيوط المطر كالحنفيات المفتوحة عن آخرها. كنا في عز الليل، مع ذلك سحبت المسلة والخيط، تسلقت الجدار إلى السطح تحت وابل المطر، صرت أتحسس قماش الخيمة فإذا اصطدمت أصابعي بخرم خيطته وكسكرت عليه، وأم صابر تنادي من تحتها قائلة إن خيوط المطر لم تنقطع، وتشير بإصبعها قائلة: «هنا وهنا وهنا». مفترضة أنني أراها. «هنا فين يا مرة يا أم مخ ضلم؟!».

الظلام وسيل المطر وعصف الريح، كل ذلك يغرقني وأنا أزحف فوق السقف بحذر حتى لا تأخذني الخيمة وتنزل، خاصة أن العمود الخشبي الذي غرزته في الأرض لرفعها عليه جعلها كرأس الفجلة، يستحيل السير فوقها. ربنا هداني لفكرة، فناديت أم صابر:

ـ يا ولية! عندك بوصة طويلة مركونة بجوار الصفائح هاتيها بسرعة.

ـ ماذا ستفعل بها؟!

ـ ارفعيها على طول ذراعك، أدخليها في الخرم الذي يخر منه
المــاء.

فلما فعلت، صار بإمكاني أن أمسك بطرف البوصة المطل من
الخرم، فأقبض على الخرم وأقوم بتخييطه. وهكذا من خرم إلى خرم
بواسطة البوصة خيطت جميع الأخرام، فكفت المياه عن السقوط.
نزلت فخلعت ثيابي، لو كان باستطاعتي لخلعت جسدي نفسه لأغيره
بجسد ناشف. لكن أم صابر أوقدت النار في حطب وخشب كان
مختلطًا ببقايا عظام وجماجم صارت تطقطق، وتفرقع، وتصفعنا
على وجوهنا. وأخيرًا جاءني النوم ملفوفًا في حضن أم صابر.

كل هذه المتاعب نسيناها أمام حالة الرواج التي طرأت علينا،
حيث إن شارع الأوتوستراد قد امتلأ بالسيارات الملاكي والأجرة،
والأتوبيسات الذاهبة إلى المعادي وحلوان والعباسية والسيدة
عيشة والدرَّاسة. ناس بالألوف يمرون من أمامنا، يقفون في انتظار
السيارات، يشترون سمكًا وفسيخًا وملوحة. جرى القرش في أيدينا
بنشاط كبير، حوشت من بيع الملوحة وحدها مبلغًا طيبًا، جاء دفعة
واحدة كأنه الحلم.

لم تستمر الحال طويلًا يا ابو العم.

في صبيحة أحد الأيام فوجئت بمجموعة من رئاسة الحي تقف
أمام فرشي، وكل واحد منهم بكلمة:

ـ من الذي أذن لك بالبناء هنا يا رجل أنت؟!

ـ تجيء من الصعيد حافيًا لتحتل أرض الناس؟!

ـ ألا تعرف أن هذه أرض الحكومة ومسؤولة من رئاسة الحي؟!

ـ هذا آخر يوم لك هنا، غدًا تلم عزالك وترحل.

ـ أو تدفع لنا ثلاثين جنيهًا في الشهر.

هكذا قال مَن ظهر أنه كبيرهم. حايلتهم باللين حتى صرفتهم وفي يد كل منهم قرطاس ملآن بالملوحة دون أن يدفع مليمًا واحدًا. ثم ذهبت إلى واحد أعرفه من الحزب الوطني في حي قايتباي، اسمه محمد لطفي، ابن عم إبراهيم الغول صاحب المقهى المواجه لمسجد قايتباي، شكوت له مما حدث. أوصاني بألا أدفع لهم شيئًا. فلما علم أنهم جاءوني ثانية ركب الفسبة وركبت من خلفه وتوجهنا إلى رياسة الحي. صاح فيهم غاضبًا:

ـ عم أحمد هذا تبعي، لا يصح أن تضايقوه، إننا يجب أن نتبادل الاحترام فلا يعتدي أحدنا على رجال الآخر.

هزوا رؤوسهم موافقين وضاحكين و... خلاص يا عم اشرب قهوتك... إلخ. وانصرفنا، ولكنني كنت على يقين من أنني وقعت في أيدي مجموعة لا ترحم، ولن تتركني في حالي قبل أن يخربوا بيتي، ففوضت أمري إلى الله فيهم، ومشيت إلى مسجد قايتباي لصلاة العشاء.

وفيما كنت أغادر ميدان المسجد فوجئت برجل يدعى «سيد غريب» يهرول خلفي صائحًا:

ـ تعالَ! سأريك شيئًا!

صار يخرم بي في حارات ضيقة خلال بيوت عتيقة، متهالكة، متكومة فوق بعضها. وكلما سألته: «واخدني فين يا عرب؟». يشدني قائلًا: «تعالَ بس». إلى أن توقف بي أمام بيت يتميز عن بقية البيوت

بجدران عالية، لكنه بغير سقف، منزوع الأبواب والشبابيك. أشار إليه قائلًا بكل بساطة:

ـ أريد أن أبيع لك هذا البيت.

وقفت أمام البيت مذهولًا. لقد سبق أن رأيته من قبل، عشت هذا الموقف نفسه من قبل. فلما تذكرت المنام الذي رأيته منذ بضعة أشهر، أيقنت أن الله قد أذن لي باستقرار. خفت أن تظهر لهفتي وفرحتي فيبيع سيد ويشتري فيَّ براحته، لكنه لم يتركني حتى كتبنا عقد البيع لدى المحامي.

عدت إلى عيالي فرحًا. فإذا بي أجد أن البلدوزر اللعين، الذي أرسلته رياسة الحي، قد هدم جدراني وبعثر عفشي وسبوبتي، وعيالي يصوتون ويبكون. فوقفت ذاهلًا أتأمل في فعل الأيام وتصاريف القدر.

مدينة الحمى

المدينة التي شفتني أمشي في شوارعها بسرعة محمومة كانت مدينة غريبة، عمري ما شفتها في حياتي من قبل. شوارع مرصوفة ونظيفة كالمرآة، كلها متشابهة ولا شيء يميز شارعًا عن الآخر. نفس الشكل، نفس المدخل والمخرج. المداخل نفسها مخارج، كما أن المخارج مداخل، ما تكاد تدخل حتى تراك قد خرجت في الحال، فيما لا يظهر لك إن كنت قد سلكت شارعًا جديدًا، أم أنك لا تزال في نفس الشارع. المباني كذلك، الخالق الناطق صورة متكررة، كلها بيضاء، واطئة، بشرفات زجاجية من جميع النواحي، فلا تستطيع أن تعرف وجه البناية من ظهرها من أي جنب فيها. تتعدد النواصي بعدد الخطوات، كل بيت على ناصية، وكل شارع تقطعه عشرات الشوارع مثل لوحة الكلمات المتقاطعة التي تنشرها الصحف، مثل صينية الهريسة خرطتها السكين خُرطًا متساوية وباعدت بين خُرطها. بين حين وآخر يلتقيني شخص أو شخصان أو ثلاثة بالكتير، يمشون في تكاسل وعيونهم مكسورة كأنهم يبحثون عن حطامها في الأرض، تبدو عليهم الذلة والمسكنة.

في نفس الوقت شكلهم غير مُطَمئن على الإطلاق، فمن تحت جباههم الواطئة تتسرب نظرات مختلسة تشي بأنهم في منتهى الخسة، لا مانع لديهم من الخطف والنهش والطرمخة على أي جريمة يرونها أو يفعلونها متى طعمت أفواههم.

ربما لهذا لاحظت أني خائف جدًّا على محفظة نقودي وفيها بتاع الناس، أضم عليها ذراعي داخل جيب الصديري، وأضغط بقوة، لأقتنع أنها لا تزال مكنونة في مكمنها.

محنتي كانت كبيرة، فكنت أجري في هذه الشوارع القصيرة الطويلة في آنٍ، المموهة إلى حد الالتباس التام. المشي تحول إلى جري رغمًا عني، مجرد جري، من مكان إلى نفس المكان بعد برهة وجيزة، وكأنني تعلقت بذراع طاحونة صارت تلفني بقوة قاسية غادرة ماكرة، دوخيني يا لمونة.

هدفي مع ذلك كان معلنًا وواضحًا، فقد رحت أستوقف كل من يلتقيني في الطريق لأسأله في رجاء واستعطاف:

ـ المحطة فين لو سمحت؟!

فيشير لي من خلف ظهره بذراعه قائلًا:

ـ قدام.

قدام! قدام! قدام! قدام! وأنا كلما تصورت أنني أمشي لقدام في اتجاه المحطة المزعومة يتضح لي أنني صرت في نفس المكان الذي غادرته ـ أو لعلني لم أغادره ـ منذ قليل.

في عز شعوري بالحنق والغضب ضربت بعيني على الطريق، فرأيت اثنين من بلدتنا كوم سعيد مركز صدفا: نعيمة وزوجها

محمد أبو حسين. ردت فيَّ الروح، جريت إليهما، حضنتهما في اشتياق كبير، سألتهما:

ـ على فين العزم إن شاء الله؟

دون أن يظهر عليهما أي قدر من المفاجأة أو الفرح أو حتى الزعل قالا معًا في نفَس واحد:

ـ إلى فرح بنت العمدة، في بلدة قريبة من هنا، وقد تأخرنا، ومكان الفرح لا ينفع الوصول إليه إلا بالركايب وليس هنا ركايب، ولكن لماذا الركايب وربنا قد أهدانا ساقين وقدمين؟!

واستأنفا المشي في الحال.

قلبي انطلق يجري وراءهما مشغوفًا ملهوفًا، ومن ورائه صوتي المنكبس يرجوهما:

ـ دلوني على المحطة، في عرضكم يا مسلمين.

التفتا نصف التفاتة وأشارا من خلف ظهريهما في لهجة تنم عن الثقة، قالا:

ـ قدام! قدام!

شعرت بالعجز التام، ازداد خوفي على المحفظة، صرت أحضنها بذراعيَّ الاثنتين وأنا أطيل الصراخ المحموم:

ـ المحطة، يا ناس، يا خلق هوه! أبوس رِجلكم، دلوني على المحطة، واحد ابن حلال منكم يشاور لي عليها ولو بأجر يطلبه مني، من يقودني إلى المحطة سأدفع له ما يشاء.

لكن الأنظار كلها كانت لاهية عني تمامًا، لأنها منصبة ـ فيما ظهر لي ـ على محفظتي كلها التي صارت بارزة منفوخة، وكانت النظرات

تزداد سعارًا كلما رأتني أرتعد. في تزايد محموم ظهر الناس من كل الشوارع، بعضهم مشى ورائي، بعضهم الآخر حاذاني في مودة لزجة، كانتماء سياسي نصاب جربوع لا وزن له في بلاده الأصلية، إن كان له ثمة من أصل أو بلد، أما البعض الثالث فراح يسبقني ليلتفت مراقبًا وجهي وحركاتي واحتضاني للمحفظة بارتعاد. ثم إن الأيدي بدأت تمتد نحوي بإلحاح ثقيل سمج، شكلها يشحذ في مسكنة واستعطاف فيما العيون ملؤها الرغبة في الخطف والقتل والسحل. صرت أصرخ وأجري، أجري وأصرخ، والدنيا بكامل هيئتها تجري ورائي. من شدة الفزع صحوت من النوم مضطرب الأنفاس، أقول يا سابل الستر استر يا كريم.

سرعان ما استرددت الوعي، تفطنت إلى أننا في العاشر من شهر رمضان المعظم، وأن المغرب على أهبة الأذان. قمت من فوري فتوضأت، مشيت إلى جامع قايتباي لأنتظر صلاة المغرب جماعة قبل الإفطار كالعادة.

على طبلية الإفطار العامر أُنسيت المنام. عيالي كلهم حولي، أعُد أيديهم الممتدة على الطبلية يدًا يدًا، حتى أزداد اطمئنانًا على أن الوجوه الملمومة حولي على الطبلية ليست مجرد وجوه من الأشباح التي قد تظهر وتختفي. كل وجه لا بد أن أطمئن على يديه الممدودتين على الطبلية. وفي سبيل الاستئناس بهم والتأكد صوتيًا من وجودهم حولي على نفس الطبلية، أروح أقطع من منابي فصوصًا من اللحم أدفعها أمام هذا وذاك، كل ذلك لكي يتكلموا فأسمع أصواتهم تشكر أو تعترض، فأزداد يقينًا من وجودي وعزوتي.

رُفعت الطبلية يا ابو العم، فمكثنا جلوسًا في مطارحنا نشرب الشاي الثقيل على مهل، وفي سبيله نتعفف عن أشياء كنا نتدله في غرامها من قبل، كالخشاف والمشمشية والمهلبية.

هي رشفة واحدة رشفها ولدي محمد، الطالب في دبلوم التجارة، الذي أصبحت أسترجله وأعتمد عليه في شغل السوق والحسابات والمشاوير المهمة. تخيل يا ابو العم، احمرَّ وجهه فجأة وانزرد. مال رأسه على صدره، تطوح على جنبه راقدًا يرتعش رغم سخونة جسمه الشديدة. مددناه ذاهلين، غابت عيناه من جرابَيهما واختفتا تمامًا.

اشتعل الصوات يا ابو العم، انقلبت الدار. جاء مختار وعزت ولدا أختي مع زوجتيهما سناء وآمال. جاء جيران الجيران يستفهمون جلية الأمر. قال الناصحون:

ـ انقلوه فورًا إلى مستشفى الحميات.

فورًا نقلناه إلى مستشفى الحميات في سيارة من سيارات الأجرة، هيأها الله لنا على الطريق المسمى بـ«الأوتوستراد».

استقبلتنا بنت مائعة تمضغ اللبان بهدوء وبلادة يكفيان لإطفاء حرارة الشمس، انفقعت مرارتي إلى أن انتهت نيافتها ـ بنت اللبؤة ـ من تدوين البيانات وإلقاء الأسئلة ثقيلة الظل المحيرة بحثًا عن جواب مناسب لها. في الاستقبال كشف عليه طبيب شاب ـ من فرط جهله البارز للأعمى ـ أن علمه أثمن من أن يهينه في خدمة المرضى. لوى بوزه كثيرًا، اشمأز طويلًا، نظر لنا في اشمئناط ولوم وتقريع حتى كاد يجردنا من آدميتنا، وفي النهاية أشَّر بعزله في عنبر العزل.

فإذا بعنبر العزل هذا يا ابو العم أجدر بأن يُسمى «عنبر الهزل».

مجرد مخزن، أي نعم، مخزن بكل معنى الكلمة، لا يصلح مع ذلك إلا لتخزين الحديد الخردة والكراكيب، حتى ما يُفترض أنه سرير للنوم كان أشبه بالدكك العتيقة الكالحة، لدرجة أنني تخيلت ـ أو لعلني رأيت ـ جرذانًا وعِرسًا تقفز وتزحف في ثقة واطمئنان. أما هذه الأصوات النحيلة التي تتأوه، تكح، تتألم، تصدر عن أشباح راقدة وقاعدة متدثرة باللون الأسود بجميع درجاته، فإنها بشر مثلنا، كل جريمتهم أنهم ينتمون لقوم يضيقون بكثرتهم، فصاروا يتلذذون بتوصيل الأرواح إلى القبور بأي شكل، وإلا ما صح أن يُعزل مريض بالحُمى في مثل هذا المخزن ليبقى في انتظار موته. لا أظن أن طبيبًا من أسيادنا هؤلاء يمكن أن يتذكر هذه الجثث في هذا المخزن ليعودها ولو لمرة واحدة.

أنا يا ابو العم رأيت ولدي يوضع بين هذه الكراكيب في هذه الحجرة المظلمة الرطبة، وشبت النار في صدري. طلعتُ أجري في طرقة المستشفى صارخًا موتورًا:

ـ ألهذا المستشفى مدير؟! أين هذا المدير؟ أريد مقابلة المدير، دلوني على مكتب المدير يا ناس، يا خلق هوه! الولد سيضيع مني في غمضة عين، حرام عليكم يا كفرة.

طُرقات المستشفى كلها متشابهة، نفس الأبنية تتكرر، بنفس الحجم، نفس الشكل، نفس الشرفات والأبواب واللون الأبيض الكالح. كل طرقة تسلمني إلى طرقات، وكل عطفة تبلبلني بأشباه لها متكررات. حتى التمورجية كلهم متشابهون في كل شيء. القلائل منهم، ومن الأفندية الذين صادفتهم في الطرقات، كنت أراهم من

ظهورهم وفي لمح البصر أراهم في مواجهتي وجهًا لوجه، أسأل الواحد منهم في استعطاف واسترحام:

ـ عايز المدير، من فضلك الله لا يسيئك دلني على مكتبه.

فيشير لي من خلف ظهره قائلًا:

ـ قدام!

لكنه يتلكأ، يركز عينيه الكسيرتين في حركة يدي، على محفظتي، يطل من نظراته المَلَق واصطناع الذل والمسكنة، لكن عينيَّ الأصيع من عيونهم ترى ما وراء نظراتهم من خسة وقلة أصل، لا أجد مفرًّا من فتح محفظتي وإعطائه لقمة، فإذا به قد استرجل فجأة، ورفع صدره، وانبرى يشرح لي مكان مكتب المدير. ملخص وصفه أنني يجب أن أعُد ثلاث طرقات، ثم أدخل الرابعة على اليمين، ثم أحود على اليسار لأرى في مواجهتي ثلاث بنايات، أترك الأولى والثانية ثم أدخل الثالثة على اليسار.

يقول هذا ويمضي، فأمشي أنا تائهًا حائرًا، وبعد عدة تحويدات، وعدة بنايات، كلها ينطبق عليها نفس الوصف، أراني قد صرت لصق المخزن الذي يرقد فيه ولدي، كأننا يا بدر لا رحنا ولا جينا. فأرتد صارخًا، أكاد أُقبّل العتبات حتى يغيثني غائث يقودني إلى مكتب المدير.

خوفي على المحفظة صار يرتفع، يكاد يتساوى مع خوفي على ولدي، مع ذلك رأيت فيها المنقذ من الضلال ومن شرور البشر. صحيح أن ما فيها بتاع الناس، إلا إنني يجب أن أنقذ ولدي وبعدها يحلها الحلال الذي لا يغفل ولا ينام. صرت أبادر بالدفع، أقترب

ممن يقابلني، أغمزه بورقة مالية مطوية، فيصف لي ــ فيما يبدو ــ بذمة وضمير وصفًا قابلًا للتنفيذ بسهولة، إلا إنه وهو يصف لي تظل نظراته معلقة بالمحفظة وبحركة يدي، تكاد نظراته تقول: «أنا أولى منك بهذه المحفظة يا صعيدي يا قحف». أشعر من وصفه أنه ادخر معلومة سرية غامضة تعطلني في النهاية عن الوصول، أي أنها تتوهني، وأنه لما يئس من هبة إضافية مشى وتركني جاهلًا بها.

يلتقيني خطيف آخر، أسأله عن النقطة الغائبة فحسب: «أيُّ هذه البنايات مكتب المدير؟!». فإذا هو وقد قبض على المعلوم في حرفنة وسرية مكتومة مدربة، قد اعتدل صائحًا في أسف وإشفاق:

ــ لااااء. إن مكتب المدير ليس هنا، بل ليس في هذا الطابق أصلًا، إنه في الطابق الأخير، الأعلى يعني.

تشعلقت فيه، عشمته في تحلية بُق كبيرة، جررته معي حتى قادني إلى مكتب المدير. دخلناه معًا، تولى هو ــ بعينيه الحاذقتين ــ التوصية والتنبيه، ولاحظت أن جزءًا كبيرًا من نظرته التي قدمني بها لمديرة المكتب قد انصب على محفظتي المضمومة تحت إبطي، تتلقى ضربات قلبي الموجوع عليها وعلى ولدي في آنٍ معًا.

هذه السيدة المتأنتكة، التي فهمت أنا من طراطيف الحوار أنها مديرة مكتب مدير المستشفى، ظهرت لي كأنها الوزيرة لا أقل، صارت تسألني وتؤنبني في ذات الوقت، تتهمني أنا وأهل منزلي وقبيلتي وربما مِلتي كلها بالإهمال والتسيب والرمرمة وفراغة العين واتساع الكرش... إلخ إلخ، ثم انعطفت فراحت تسألني عن حالة الولد وكأنني خبير في الطب جئتها بعد معاينة وكشف، ولا تنتظر جوابي

أو تعليقي، فتسألني عن المنطقة التي أسكن فيها، وعن الطبيب الذي أحالنا على المستشفى. وكانت في هذه الأسئلة الأخيرة قد تحولت فجأة إلى مجرد امرأة ثرثارة ممن ألتقيهن في سوق منشية ناصر يناكفنني طول النهار.

يأكلني قلبي من هذه الرحرحة، أكاد أطرشق. فلما أطالت هذه المرأة في الحديث بغير جدوى، وظهر لها أنني لن أتلحلح، قالت لي بجدية رسمية مفاجئة:

ـ طلباتك يا ابا الحاج؟

ـ طلباتك يا ابا الحاج؟! طلباتي أن أرقص لكم عشرة بلدي!

ـ حتهزر حضرتك؟!

ـ ليتني أستطيع! بدلًا من أسب لكم ديك الذي وضعكم في هذا المكان يا كفرة يا أنجاس، بعد كل هذه الزرزرة في روحي: طلباتك يا ابا الحاج؟!

ـ إنت باين عليك...

ـ امسكي لسانك!

هكذا صرخت فيها ملوحًا بقبضتي في جنون، تأهبت لأنط في كرشها، تمنيت لو أنني محزوم بالديناميت لأفجره، وأفجر هذا المكان الفاجر بفجاره عديمي الحياء. لكن تربية سوق السمك عقلتني، قالت لي: «اتقل يا ولد! إذ كان لك عند الكلب حاجة قُل له يا سيد». وهكذا بكل هدوء باكٍ أعدت عليها ما سبق أن قلته قبل دقائق.

ـ يا ست هانم، ربنا يخليكي ولا يحرمنا من عطفك أبدًا، لقد أتيت بولدي منذ قليل مصابًا بالحُمى، فاكتفوا بعزله في مكان يجلب

المرض ولا يحظى بالرعاية اللازمة. الولد حالته خطيرة، وأريد نقله إلى عنبر نظيف درجة أولى حتى ولو على نفقتي.

قالت ببساطة الواثق من تطبيقه للقانون بكل أمانة وجدية:

ـ يا عم الحاج، المستشفى لا تقبل حالات إلا بتأشيرة من طبيب يأمر بتحويله لنا. هذا هو القانون.

حمدت الله في سري، فما دامت قد ذكرت لفظة القانون فإنها إذن تطلب الرشوة بكل صراحة ووضوح. نعم يا ابو العم، لقد أصبحت لفظة القانون شبيهة ـ الخالق الناطق ـ بلفظة: «اهرش»، «اتلحلح يعني»، «بز»، «ادفع».

بكل سرور سحبت المحفظة، فتحتها لأقبض على ورقة تُوائمها حجمًا ومركزًا، فإذا بباب حجرة مدير المستشفى ينفتح، ويطل منه وجه الدكتور محمد، شقيق الممثل أحمد، وهما من أصدقاء صديقي الأستاذ، يسهرون في بيتي وأسهر في بيوتهم. إنها صداقة متينة على الآخر ليس فيها أي غش، لدرجة أنني لم أنتبه إلى أن الدكتور محمد دكتور في معالجة المرضى إلا في هذه اللحظة فحسب.

تسمرت في وقفتي ذاهلًا من الفرحة بهذا الاكتشاف العظيم السعيد.

ـ عم أحمد؟! مش معقول! إيه اللي جابك هنا كفى الله الشر؟! ولا جاي تزورني؟ أتمنى تكون جاي تزورني بس!

بالحضن أخذته وأخذني، سحبني إلى حجرة مكتبه، أجلسني على الكرسي الجلدي المريح وجلس قبالتي، فإذا به نائب مدير هذا المستشفى. في الحال جيء بهذه السيدة نفسها، فإذا هي قد تغيرت

في الحال، صارت كالبطة الودودة تروح وتجيء في مرح ونشاط، حتى أنهت إجراءات نقل ولدي إلى الدرجة الأولى الممتازة وتقاضت مني الرسوم المقررة وفوقها بوسة كبيرة.

الهول كله كان في طريق عودتي للاطمئنان على تنفيذ هذه الإجراءات بسرعة عاجلة. في كل خطوة يترصدني لفيف من الزبانية، يأخذونني على جنب في خشونة رقيقة بعض الشيء، وفي ود مريب جدًّا ينبهونني إلى أشياء ومخاطر لا تخطر لي على بال، هدفهم إرعابي أكثر مما أنا مرتعب. وكنت على ثقة من أنني قد خضعت لعملية نهب ونهش وابتزاز بصورة سلمية لا تخلو من طرافة مأساوية. ولقد هممت بأن أرمي لهم بالمحفظة وأنجو بجلدي من هذه الغابة المليئة بجوارح أليفة، ناعمة، مراوغة، ماكرة، لا تتركك وفيك عِرق ينبض. ولكن لأن المحفظة جزء من قلبي يا ابو العم كولدي بالضبط، لأن فيها بتاع الناس، فإن قلبي قد نط على حبال صوتي وراح يصرخ مستغيثًا:

ـ يحرق ديك أبوكم! فين المدير؟! ودوني للمدير عشان أشوف يمكن يكون هو الآخر طمعانًا في بتاع الناس الحرام! ودوني.

في هذه المرة جاءني المدير بنفسه يهرول فوق المدقات التي شقتها صرخاتي، في صحبته صديقي الدكتور محمد، الذي أخذني على جنب بلطف شديد وأمرني بالانصراف لكي أنام مطمئن البال، أما المريض فقد صار منذ الآن في عهدته. نزلت وأنا في غاية الرضا، ناديت سيارة، انجعصت في الكنبة الخلفية مرخيًا كل عضلاتي وأعصابي، قائلًا لسائق التاكسي: «منشية ناصر يا أسطى».

جريان الريق

كأننا في عز الليل، وأنا عمري ما سهرت أبعد من نشرة الساعة التاسعة، فما يكاد مذيع التلفزيون يدخل في النشرة الجوية، حتى يكون رأسي قد انكفأ على صدري، فيخيل لي أنه طار من فوق كتفي فأنتفض لالتقاطه. ففي الحال أقوم فأتمدد على السرير، لا أصحو إلا بعد أذان الفجر، حيث أصلي الفجر وأتوكل على الله إلى السوق في غمرة كي أتسوق السمك الطازج في البدرية، وأقفل عائدًا لأفرش به في مزلقان منشية ناصر. ولا بد أن تكون أم صابر قد سبقتني وفتحت باب الشارع، فالمهم أنني حين أمشي في الطرقة إلى الباب لا بد أن أراه مفتوحًا ليكون اليوم عسلًا بالصلاة على النبي.

كأننا كنا في الليل ولم يظهر للنهار أي مرسال من الضوء، فكيف بي أمشي في الطرقة الآن وأرى الباب مفتوحًا أمامي؟! هذه أول مرة أرى فيها الليل الحقيقي بكل سكونه المرعش للبدن، فلماذا أنا خائف هكذا مع أني ولد مخربشاتي سكنت في قلب التُّرب سنوات طويلة، أرعبت فيها الموتى والأحياء معًا؟! هل صحوت قبل الموعد يا ترى؟ ولكن أين أم صابر؟ لا أذكر أنها صبت عليَّ الماء لأتوضأ كي أصلي

الفجر، لم أرَها تسبقني لتفتح الباب، فمن يكون قد فتحه؟ لا حس لها ولا خبر، بل لا حس ولا خبر لأي أحد في الدار، فهل سافروا إلى الصعيد من ورائي، أم تراهم في عز النوم؟ لا، فالدار ليس فيها نفَس آخر، مع أن بناتي كلهن يسكن بأزواجهن وأولادهن معي في نفس الدار الكبيرة ذات الطوابق الثلاثة، يُغلَق علينا جميعًا باب واحد! سترك يا رب، الواجب أن أطمئن الآن على الجميع في جميع الغرف في جميع الطوابق، ولكن مالي أندفع نحو الباب هكذا غير سائل في أحد؟! الظاهر والله أعلم أني عازم على مشوار مهم. جاءني الإلهام من الله في الحال، فطنت إلى أنني ربما أكون مسافرًا إلى الصعيد للإتيان بأم صابر من بيت أبيها في كوم إسفحت في الصعيد، إذ إنها غضبانة وقد ذهب عيالها كلهم لمصالحتها فلم يعودوا، وإذن فلا بد أن ألحق بقطار الصحافة المتوجه إلى أسيوط.

ملأتني الحماسة، كاد قلبي يرتعد خشية فوات موعد القطار. سبحان الله، ما إن خرجت من الباب حتى رأيت الصبح في حارة العجوز الملتوية كثعبان غبي، لكنه أول الصبح، لحظة الثمالة في النوم والعالم كله صار تحت قدم الصبح، إن هي إلا خطوة واحدة يخطوها فيهب الجميع منتشرين في كل مكان. الكلاب هامدة كسلانة وخمانة، وبالوعة المجاري ضاربة كالعادة، وأكوام القمامة جرفتها المياه الوسخة، فبرقشت أرض الحارة بقشر البصل والبرتقال والأكياس البلاستيك، وحمار البقراوية مربوط في وتد أمام داره وبجواره عريش العربة الكارو مادًّا ذراعيه الطويلتين في وجهي، كأنه يهيب بي أن احترم نفسك وارجع.

كأنني هممت بالرجوع بالفعل، لكنني رأيتها تنفلت من باب دارها التي تبعد عن دارنا بدارين. أقبلت نحوي في شغف وكأنني كنت على موعد معها. يا سبحان الله، روحية امرأة جارنا العربجي، ست حلوة جدًّا والجميع يستخسرها في عظمه، لكنها الحق لله امرأة محترمة، سيرتها حسنة على كل لسان، لا تخرج العيبة من حنكها، عمرنا ما شفنا عليها كذا أو كذا، فما لها تُقبِل عليَّ كأنني عشيقها، كأنني واعدتها؟! لا حول ولا قوة إلا بالله، أنا رجل مؤمن مصلٍّ وذيلي طاهر، وعمري ما فكرت في العيبة، وروحية في عمر بنتي الكبيرة، وهي تقول لي يا عم أحمد: «صباح الخير يا عم أحمد». «صباح النور يا ست روحية». وعمري ما فكرت حتى في النظر إلى وجهها الصبوح، ولا جسمها المكسم الذي طالما أغرى عيون الخلق بالاستقرار عليه، منذ ظهورها وحتى اختفائها، فهل تقل عقلك يا أحمد على آخر الزمن وتعرض نفسك للفضيحة وتفعل شيئًا يغضب الله؟! سترك يا كريم، ربما تكون محتاجة لشيء وتنوي أن تقصدني في مبلغ من المال، سأعطيه لها في الحال ولن أنتظر عودته، شرط ألا تورطني في شيء. يا سبحان الله، ما دريت إلا وهي في حضني، لا يا ربي، بل أنا الذي صرت في حضنها، لأنها جعلت تطوقني بذراعيها، تضغط على ظهري بقوة عفية، شفتاها فوق شفتيَّ ولسانها في قلب حنكي يعصر فيه ريقًا طيبًا حلو المذاق لذيذًا. أستغفر الله، اللهم عفوك وغفرانك.

دخلت الحمَّام فاستحممت غصبًا عني في البرد القارس، وأم صابر واقفة بالفوطة تتعجب من سر هذا الاستحمام المفاجئ، رغم أنها شاغبتني كثيرًا طوال الليالي الفائتة وأنا أتحجج بالخوف من

الاستحمام في برد طوبة. صارت الولية تبرطم بكلمتين منحشرتين في خشمها، وصرت أنا الآخر أبرطم بأي كلام، فهي وأنا نتجنب النزناز ساعة الصبحية بالذات، حتى أتوكل على الله بسر هادئ وقلب مطمئن.

صرت فيما تلا ذلك من أيام أنكس وجهي في الأرض كلما رأيتها ماشية في الحارة، وأعمل أنني مش واخد بالي، فإن هي بادرتني بالتحية رددت بأحسن منها فيما أهرول مبتعدًا، ولا أنظر نحو باب دارها إذا مررت من أمامه، فإذا جاءت تستلف من دارنا كوباية زيت أو مخرطة ملوخية فإنني أسد أذني عن صوتها، بعد أن لم يكن ثمة من مانع أن أقوم بنفسي لأقضي لها طلبها إذا كنت وحدي في الدار. أصبح الحرج يتملكني إذا جاءت سيرتها في الدار أو في الحارة أو حتى في دماغي، أصبح الارتباك الشديد يعروني إذا رن صوتها في أذني، أو جاء وجهي في وجهها، فأروح أقرأ آية الكرسي في سري.

وكان زوجها يحبني جدًّا، ويودني، وكثيرًا ما صلى ورائي في مسجد قايتباي. فأصبحت أكش منه هو الآخر، لا أنظر في عينيه، أكلمه بحساب، كلمة ورد غطاها.

ولأنني أراها وأراه صبحًا وظهرًا وعصرًا ومغربًا وعشاءً، فإن الوسواس قد ركبني، وصرت كلما صليت أدعو الله أن يجملها بالستر. كنت متوجسًا ومتشائمًا من تلك الرؤيا العجيبة، وفيما أنا أخرج عصر يوم مرتديًا طاقم الثياب النظيفة وعلى كتفي الشال الكشمير والعباءة، ومتجهًا إلى مقهى إبراهيم الغول لأشرب الحجرين لزوم العصاري، فوجئت بها واقفة أمامي في مدخل الباب وجهًا لوجه،

لا يفصل حضني عن حضنها سوى طفلها الرضيع الذي كانت تحمله على صدرها.

جمدتني المفاجأة، غرقت في الارتباك والخجل. قبل أن أفيق من هول الدهشة كان طفلها الرضيع الجميل الشقي قد اندفع نحوي كنسمة، كريشة طائرة، ترنح في الهواء وارتمى على صدري، فما دريت إلا وأنا أحوطه بذراعيَّ وأمدُّ بوزي لأقبله. في أقل من لمح البصر صار بوزي كله غائبًا في حنك الطفل، ولسانه في قلب حنكي يعصر فيه ريقًا طيبًا حلو المذاق لذيذًا.

برقية الضوء

الترعة تشبه بلدتنا الخالق الناطق. نظرة والثانية تبينت أنني في زمام بلدتنا كوم سعيد. عمري آنئذ حوالي السابع عشر، يعني سن الشقاوة والضلال. كان يخيل لي أنني تركت هذه السن من زمان، وكبرت على الشقاوة وعلى الضلال. لكن خاطرًا في دماغي كاد يتكلم قائلًا: «أنت لا تزال صغيرًا، لكنك ترى نفسك كبيرًا، وهذا هو الوهم الذي تعيش فيه منذ طفولتك الشقية». صدقته من غير كلام، فالدليل على صدقه أنني الآن أبلبط في هذه الترعة. سألت نفسي: «طيب يا ولد، لماذا أنت تبلبط في هذه الترعة الآن خالعًا ثيابك إلا من السروال أبو دكة؟!». فإذا بنفسي ترد على نفسي قائلة: «نسيت بهذه السرعة يا شملول؟ أنت لا تبلبط، إنما أنت تصطاد السمك مسكًا باليد، وهذه هوايتك طول عمرك». ضحكت في الحال ساخرًا من نفسي لأنني رأيت القراميط تتزفلط بين ساقيَّ وتجري دون أن أعترض طريقها أو أحاول مسكها. فلا بد أني حقًا نسيت أنني في حالة صيد، فكيف إذن يحدث هذا؟! إنني يمكن أن أنسى كل شيء حتى نفسي، إلا الصيد لا أنساه أبدًا، لأني لو نسيته فإنه لا ينساني.

فجأة رأيتني واقفًا على شاطئ الترعة، وكان من الواضح لي أنني قد انتهيت لتوِّي من الصيد. ها هو ذا حجري ملآن بالسمك من جميع الألوان والأحجام والأشكال. لكن متى ارتديت هذا الجلباب وكنت منذ برهة عاريًا إلا من السروال؟ لا أدري. كيف تأتَّى لي اصطياد كل هذه الأسماك؟ لا أدري. كنت فرِحًا بما معي، دماغي مشغول بمنظر أمي وهي تحتجز السمكات الصغيرات لتشويها لنا، والكبيرات لتبيعها بالشروة. لست أعرف ما الذي جعلني ألفُّ حولي وأنظر إلى مقابر بلدتنا الباركة على علواية مجاورة للترعة. وقع بصري تلقائيًا على مقبرة العائلة، عائلتنا. هكذا أنا دائمًا كلما وقع بصري على المقابر، أي مقابر في أي مكان، أراه لا يستقر إلا على مقبرة عائلتنا؛ فهي المقابر والمقابر هي، لا أعرف لماذا أنا دائمًا مشغول بها. رأيت كأن الليل قد هبط فجأة دون أن أدري، مع أننا منذ برهة وجيزة كنا في عز الضهر الأحمر. هل سرقني الليل أم أنني كنت سرقت النهار؟ ثمة فانوس مضاء في أعلى عمود مغروز أمام مقبرتنا كشجرة من ضوء نابتة في قلبها، منظر المقبرة مفرح وهي في الضوء غارقة. شبحان مقعيان أمام فوهة المقبرة. الفوهة مفتوحة، والردم الطالع منها مكوم حواليها. وجدتني أهتف صائحًا:

ـ مين اللي عند التربة؟ مين؟ بتعمل إيه عندك يا جدع أنت وهو؟ التفت الشبحان المقعيان، تعرفت عليهما في الحال، إنهما ابن عمي عبد اللطيف حماد شيخ الخفراء، وجَدي لأمي محمد حسين دياب. جريت إليهما، حين وصولي فوجئت بأنني في ثياب نظيفة وليس ثمة من سمك معي. لم أصدق أنني ذهبت به إلى دارنا وغيرت

ثيابي وعُدت، إلا إنني لم أحفل بالأمر. ثم إنني وجدتني لحظتئذ رجلًا كبيرًا، أكبر سنًّا من ابن عمي شيخ الخفراء، هنا كانت دهشتي أعظم، فمتى كبرت يا ترى؟ قال الخاطر الجاهز في رأسي دائمًا: «منذ برهة رأيت نفسك صغيرًا وكنت تظنك كبيرًا؟! والآن تراك كبيرًا وكنت تظنك صغيرًا، فأيهما أنت؟!». على أن الفوهة المفتوحة أفزعتني كحنك تمساح كبير مفتوح عن آخره ليتلقفني. صحت من رعدتي:

ـ إيه ده؟ إيه ده؟!

قال جدي محمد حسين دياب:

ـ مش عارف إيه ده؟! دا قيراط الكوم.

ـ قيراط الكوم؟!

صرخ فيَّ:

ـ اجرِ هات لك غلق وتعالَ.

نظرت حواليَّ، رأيت بعض غلقان متناثرة على مقربة، جريت نحوها، اختطفت واحدًا منها، كان فارغًا، لكنني بمجرد أن حملته شعرت به ملآن بالردم لتِمه. قال جدي:

ـ ادلق هنا.

دلقت الغلق في الفوهة، فإذا بثقله يكفئني على وجهي متزحلقًا فوق كومة التراب، وبوزي بدماغي كله داخل الفوهة، وكأن التمساح يوشك أن يطبق فكيه على رقبتي. صرت أصرخ وأتزحزح للخلف زاحفًا على مرفقي، لكنني غير قادر على التزحزح مقدار إصبع واحدة، وصراخي يعلو إلى عنان السماء. شدني جدي وأقعدني على قرافيصي قائلًا:

ـ ستلم علينا الخلق يا مجنون بدون داعٍ.

ثم أشار إلى المقبرة:

ـ يعجبك المنظر ده؟ تُسمي نفسك راجل وتعيش في مصر وسط الناس المحترمين وحال التربة كده؟!

ميلت رأسي ونظرت إلى حيث أشار، كتمت صراخي، كل فرائصي ترتعد، فما شفته ليس يدعو للزعل، بل هو العجب العجاب: عدة عواميد من لمبات النيون واقفة في أركان المقبرة مضاءة بلون فزدقي كواجهات المحلات في المدن. ربك والحق تحيرت في الأمر من كل ناحية، ما الذي جاء بلمبات النيون وأضاءها في قلب المقبرة هكذا؟! ما الذي يُغضب جدي في هذا؟! ماذا يمكن أن يكون في الأمر من العار حتى لا يحق لي أن أعتبر نفسي رجلًا في ظنه؟!

جدي محمد حسين دياب لم يمهلني، بل صرخ فيَّ:

ـ قُم ساعدنا في إصلاح الحال بسرعة! اعمل لك همة!

أخذت أشوح بيدي صارخًا في جدي:

ـ قُل إيه اللي أنت عاوزني أعمله.

ثم صرت أجعر بكلام كثير لم أتبينه. كل ما وضح لي عبارة: يعني أشق الهدوم عشان تستريح؟ أدفن نفسي؟!

جاءني صوت أم صابر متألمًا:

ـ حاسب يا راجل! ورَّمت عيني منك لله! نومك دائمًا مهبب بهباب الفرن، مالك؟ عم تشوح وتزغدني بكوعك في عيني وجنبي؟!

ـ لا مؤاخذة يا أم صابر! أعطيني كوب ماء! سترك يا رب.

وقعدتُ على السرير أمسح الريالة عن فمي. لما شربت جرعة ماء قلت لها وأنا على وشك البكاء:

ـ أمي حتموت يا أم صابر، التلغراف حييجي النهارده، مفيش معنى للي شفته غير كده.

لم أنَم بقية الليل، فما إن طلع النهار حتى ذهبت أم صابر لتفتح باب الشارع كالعادة، ما كادت تفتحه حتى وافتها جارتنا بورقة قالت إن عامل التلغراف أتى بها قرب منتصف الليل بعد أن أطفأ بيتنا أنواره وسكت حسه.

تملكتني الرعشة وأم صابر تعطيني الورقة، لم أقوَ على مد يدي. قلت لولدي: «اقرأ يا صابر». وكتمت رغبتي في الصراخ. ولدي صابر يفك الخط بصعوبة، كاد يقتلني وهو يتهجى الحروف. عرفت أن جدي محمد حسين دياب بعافية، هكذا يقول الكلام المكتوب في التلغراف، لكنني خمنت أنه مات وأنهم يخبئون الخبر بقولهم إن صحته متأخرة. قلت لصابر: «اذهب يا ولدي للسوق وحدك». لبست ثيابي وتوكلت على الله إلى البلد.

نزلت في محطة صدفا، تجولت في البلد قليلًا قبل ركوبي إلى كوم سعيد. قابلت ناسًا أبلغوني أن جدي محمد حسين دياب صحته بالفعل تعبانة، لم يمُت حتمًا لكنه يشاور عقله في الموت. ركبت إلى كوم سعيد في سيارة بالنفر، ذهبت فاطمأننت أولًا على صحة أمي، ثم خطفت رِجلي إلى دار جدي، فإذا بالصوات يستقبلني حادًّا ملتاعًا كالنار تسري في أسطح البلدة كلها. تلقَّاني ابن عمي عبد اللطيف وأبلغني بضرورة ترميم المقبرة حالًا. أخذت مجموعة أنفار وذهبنا، لنجد أن الأرض قد هبطت من تحتها فتهدَّم شاهِدها، صار كومة من الطوب المحتت. كان الليل قد أدركنا، وثمة فانوس

معلق في فرع شجرة السنط يضيء للأنفار الذين فتحوا الفوهة وأزاحوا الأتربة.

باعتباري ابن ليل قديم وجَسورًا جامد القلب، أغراني ابن عمي بالنزول إلى الفسقية لتسوية الشريحة التي سيرقد فيها جثمان جدي. لم أتردد، غاصت قدماي في التراب الناعم الرطب، فاقشعر بدني إذ شعرت بأن هذا التراب الناعم الرطب ليس ترابًا، بل جثثًا مسحوقة تكاد تكون فيها الروح. تعثرت في الحال، انكفأت على بوزي فوق التراب، انزلقت الصرخات المذعورة من حلقي، ليس من خوف بل من روع. كانت نظراتي قد انخطفت داخل الفسقية، قلت في هلع:

ـ الحقني يا عبد اللطيف.

جاء يجري:

ـ مالك يا أحمد؟!

قلت:

ـ الرؤيا يا عبد اللطيف! شفت هذا المنظر من قبل، والله العظيم شفته!

ـ أي منظر يا جدع؟!

ـ الكهارب! لمض نيون منورة جوه! عواميد عواميد!

نام عبد اللطيف على بطنه وأرسل بصره فيما راح يردد:

ـ آه! مارد من الجن سكن التربة!

جعل يدقق النظر مُضيقًا مقطبًا حاجبيه، مع أن بصره حديد كعين الصقر، ثم لكزني وهو ينهض واقفًا:

ـ إنها العظام يا بني آدم، شديدة البياض كلون الجير المزرق.

ثم حملق في عيني شاردًا، ثم رفع حاجبيه في دهشة واستغراب
فيما راح يغمغم:
ـ لكنها حقًا تشع بالضوء في قلب الظلام!
ثم قلنا معًا في نفَس واحد:
ـ يا سبحان الله!

البيت الآخر

الأرض كلها من حواليَّ، من أمامي ومن خلفي، مرشوقة بالأدمغة البشرية، مزروعة من رقابها في بطن الأرض التي بدت عريضة شاسعة بغير حدود، مما جعل الأدمغة البعيدة تبدو لي كلما تباعدت، كسجادة من القطيفة السوداء، تتخلل وبرتها السميكة بقع رمادية مبيضة قليلًا. رقبتي هي الأخرى كانت غاطسة في بطن الأرض إلا قليلًا، بين ذقني والأرض طول إصبع، لكن الغريب أنني كنت قادرًا على تحريك رأسي يمينًا وشمالًا أعلى وأسفل.

لم أفهم لماذا نحن هكذا، لا أعرف من الذي فعل بنا هذا، لكنني بدأت ألاحظ أن الأطراف البعيدة جدًا من الأرض قد جعلت تقذف ببعض الأجساد، حيث تستطيل الرقاب شيئًا فشيئًا، ثم تظهر الأكتاف والأذرع، فالصدور فالجذوع فالأفخاذ فالسيقان. إلا إن شيئًا كالحبال، كالذيول، كان يربط المؤخرات بالأرض، مما يجعل الأجساد تنتفض، تترنح، في محاولة للفلفصة، إلى أن تنزع نفسها بقوة فتطير في الهواء لبرهة وجيزة، ثم ما تلبث حتى تستقيم واقفة على الأقدام، ثم تنسلك في طابور طويل، يمضي على مدد الشوف

كسِرب من النمل الغليظ، سرعان ما يصب في مكان ما في الأفق اللامرئي.

صار الحصيد يتقارب مني، الأجساد كلها تنبثق، تنط، تنضم تلقائيًّا إلى الطابور، فيما عداي. كل ما لحقني من عفو هو أن الأرض لفظتني قليلًا قليلًا، ثم أحكمت حصارها حول خصري تكاد تعصره.

سرعان ما تذكرت مواعظ عمي الفقيه الكبير الضرير لمريديه في مندرتنا في أسيوط زمن طفولتي، إذ كان يقول إن في كل واحد منا في أسفل العمود الفقري عضمة اسمها عضمة الزراع، وهي عبارة عن بذرة صغيرة كحبة السمسم، ويوم القيامة حيث يكون البشر كلهم قد تحولوا إلى تراب، يأتي أمر الله، فإذا عضمة الزراع هذه قد نبتت في الأرض وأعيد اكتمال الأجساد. فمن كان كتابه بيمينه وأعماله في الدنيا صالحة، فإن اقتلاعه من الأرض يكون سهلًا عليه فينضم إلى المشهد العظيم. أما من كان كتابه بشماله، أي أنه من الفاسقين في الدنيا، فإن اقتلاعه يكون عذابًا أليمًا قبل العذاب الأكبر في نار جهنم.

يا لمصيبتي السوداء! هأنذا أعافر وأعافر كي أقتلع نفسي من الأرض بكل نفس ضايقها الموت، عرقي يتصبب طوفانًا من الماء المغلي. لكن، أحمدك يا رب، ألف حمد وألف شكر، فبعد التعب المؤلم لفظتني الأرض، فطِرت في الهواء ثم نزلت واقفًا، وكان الطابور المهول قد اختفى، لم يبقَ غيري إذن خارج الحساب. تلفتُّ حولي، فإذا أنا أمام مجموعة من البنايات الجديدة، تشبه مساكن عثمان أحمد عثمان في مدينة نصر، ارتفاعاتها متقاربة وألوانها جميلة، كانت محاطة بسور من جنسها ذي بوابتين متلاصقتين؛ إحداهما تتقدم

عن الأخرى عدة أمتار وهي الأوسع والأجمل وبلا باب، أما الثانية المتأخرة عنها فشكلها عتيق قميء رهيب كبوابات حيشان المقابر، لها باب حديدي صدئ مغلق بالترباس. قلت لنفسي: «إذن فلا بد أن هذه البوابة الجميلة هي الجنة، وهذه الصدئة هي النار». ثم قلت: «جاءك الموت يا تارك الصلاة». لكني تذكرت أني منذ أن تبت عن السرقة وقطع الطرق واهتديت إلى الرزق الحلال، لم أترك الصلاة أو الصوم أو الزكاة، ولم أغش زبونًا واحدًا في سمكة واحدة فاسدة، ولا بد أن الله سبحانه وتعالى قد رضي عني، وإلا ما هدأ سري وملَّكني دارًا من بابها في حارة العجوز بحي قايتباي بعد أن كنت وعيالي نبيت داخل مقبرة، ومنحني ثلاثة دكاكين في سوق منشية ناصر باسمي واسم ولديَّ صابر ومحمد، بعد أن كنت بائعًا سريحًا كحيانًا، وسهَّل لي الأمور في تزويج بناتي الأربع زيجات مستورة.

رأيتني أتجه مباشرة إلى البوابة الجميلة المتقدمة التي بدت كأنها تُقبِل نحوي لتستقبلني مفتوحة على وسعها، اتكلت على الله ودخلت، فاعترضني شخص طلع من تحت طقاطيق الأرض لا أدري كيف:

ـ رايح فين يا جدع أنت؟

تراقصت ركبي من الفزع، قلت:

ـ إني... إني... هنا! هنا! كنت مع الذين دخلوا هنا منذ قليل.

لكن وجهه كان جامدًا، خليطًا من وجه بواب شرس وضابط شرطة ملآن بمنصبه. لوح بذراعه في حركةٍ من يهش ذبابًا:

ـ اذهب إلى البوابة الثانية، أنت هناك لا هنا!

استدرت خارجًا كاسف البال، وقد اندفقت ينابيع الدمع كلها في

حلقي حتى كادت عروق رقبتي تتفصص، أيقنت أنني كنت واهمًا حين ظننت في نفسي الصلاح والتقوى، وقد ثبت الآن أن مآلي جهنم وبئس المصير. ما إن زايلت البوابة المفتوحة حتى صرت أبكي بحرقة، أتقدم خطوة وأتأخر خطوتين، ارتفع في صدري صوت يتغلب على البكاء يؤنبني: «أتعترض على مشيئة الله يا كافر، هذا ما اختاره لك الله فاقبَلْه عن طيب خاطر، لعله يترفق بك ويخفف عنك العذاب».

لكنني حينما اقتربت من البوابة الحديدية المغلقة شملني الفزع وركبني الجنون، فصرت أصرخ بكل قوتي:

ـ لا! لا! لست كافرًا وحق كتاب الله!

وقوة خفية تكبلني في الأرض فلا أقوى على التحرك.

بقيت بعد ذلك زمنًا طويلًا أحمل جبل الهموم على صدري، صرت أضاعف من صلواتي، الفرض الواحد أصليه خمسة فروض، أضاعف من زكاتي، أصوم الاثنين والخميس من كل أسبوع، أكتفي بربع جنيه فقط مكسبًا عن كل كيلو سمك أبيعه، أفرز السمكات واحدة واحدة قبل بيعها، فإن اشتبهت في واحدة ـ مهما كبر حجمها ـ رميتها على طول ذراعي للكلاب، حتى أقطع على نفسي فرصة بيعها لأي أحد، مع ذلك يعتريني القلق ليل نهار.

كنت معتادًا أصيل كل يوم أن ألتقي بصديقي الأستاذ الصحفي المغرم بالتجوال في أحيائنا الشعبية المختلطة بيوتها بحيشان المقابر في مدافن المجاورين، حيث نستقبل المغرب بحجرين من الحشيش لزوم ترويق الدم بعد وجع الدماغ طول النهار، نشرب في المقهى، أو في دار أحد الأصدقاء إذا كانت الحملات الحكومية نشطة.

كشأني دائمًا حكيت لصديقي الأستاذ أمر تلك الرؤيا المرعدة، فاكتفى بقوله إنها خير إن شاء الله. لكنني كنت متشائمًا منها، وقلبي يحدثني أن هذه البوابة الحديدية هي بوابة السجن، وأن كبسة حكومية سنقع في قبضتها ذات يوم على يد ضابط أمه غسالة، لا يأبه بأهمية الأستاذ ولا يقبل شفاعة من أحد، فيودِعنا ـ أو أنا على الأقل ـ السجن.

أصبحت نافرًا من التحشيش في المقهى، بل ينقبض صدري بمجرد الجلوس فيه بغير تحشيش، فالكبسة حين تدهم المقهى فإن الضابط يلم كل الجالسين على الرصيف بعيدًا عن الشرب. كان لا بد أن نعثر على مكان آمن لا تقتحمه الشرطة إلا بإذن من النيابة، وهكذا ذهبنا لنحشش في مصنع تريكو.

في ميدان كان بستانًا للعلماء من خمسمائة عام وهو مكان مبروك، والمصنع مُقام في حجرة من حجرات مدفن أثري كبير، ويتكون من عديد من الغرف، كل غرفة تضم فسقية فوقها شاهِد ضخم كالفيل، ويتوسط المدفن حوش كبير بلا سقف، تناثرت فوقه شواهد عديدة مبنية بالأسمنت، دُفن تحتها جميع خصيان الباشا القديم صاحب المدفن.

شغلة التربي في الأصل تطريز الملابس التي تباع في خان الخليلي، لكن أباه المعلم التربي الذي كان مسؤولًا عن شريحة كبرى من المدافن ـ من بينها هذا المدفن ـ مات فجأة، فورث ابنه مهنته إلى جانب مهنته الأصلية، ونقل ماكينة التطريز إلى حجرة صغيرة من هذا المدفن الكبير الذي انقرض أصحابه منذ سنوات بعيدة جدًّا، فآلت

ملكيته إلى وزارة الأوقاف، ولم يعُد يستقبل موتى أو زوارًا، اللهم إلا زبائن التربي وزمرة من صحابه.

فيما نحن نحشش في الحوش تحت شمس الأصيل، لاحظنا أن إحدى الفسقيات مفتوحة ومنظفة كأنها تتهيأ لاستقبال ميت جديد. قبل أن نتساءل قال التربي إنه نظفها ليعرضها للبيع، فتعجبنا: هل يحق لك بيع ما لا تملك؟ قال إنه لا يبيع العين بل يبيع حق الانتفاع بها، وهو مسؤول عن استصدار رخصة باسم المشتري من إدارة الجبانات، وإنه سيكتب عقدًا على يد المحامي. ثم فاجأنا بأنه باع عددًا من هذه المقابر على هذا النحو بشرعية القانون.

أعجبتني المسألة، تذكرت أنني وعيالي ليست لنا مقبرة في هذه المدينة، وأن قبرًا بهذه العزوة والحماية لهو الأبهة بعينها. طلعت في دماغي، صرت أنا والأستاذ نساومه حتى وصلنا لاتفاق. هُب كتبنا العقد، هُب استصدر رخصة باسمي، هُب لصقنا على المقبرة رخامة محفورًا عليها اسم عائلتي. بات الأمر واقعًا، أصبح المكان قعدتنا اليومية الآمنة.

ذات أصيل ذهبنا إليه، فإذا البوابة مغلقة لأن التربي ـ فيما أخبرنا أحد صبيانه ـ في مشوار قصير، وأنه آتٍ بعد دقائق. ووقفنا في انتظاره نتأمل منظر البوابة الحديدية المهيبة المغلقة، فإذا بالأرض تدور بي، وقلبي ينط بين ضلوعي، وإذا أنا أنتفض صارخًا مشيرًا للأستاذ على البوابة:

ـ هي بعينها يا أستاذ، بوابة الرؤيا.

وانهمرت الدموع من عينيَّ بغزارة، كما انهمرت دموع الأستاذ

الذي اقشعر بدنه وهو يحتضنني لكي يهدئ من روعي، جعلت أجفف دموعي بكمِّ جلبابي الواسع مرددًا: «الحمد لله، يا ما أنت كريم يا رب!». وقد شعرت بقلبي يعود إلى مطرحه كعصفور آب إلى عشه بعد طيران طويل.

المشي حافيًا فوق الحصى

كنت أمشي في الشارع تائهًا حائرًا غارقًا في النكد، لأنني لست أعرف لماذا أمشي حافيًا، وهل ضاعت جزمتي أم أنني في الأصل من غير جزمة. المدهش أنني غير مدرك للحقيقة، ولا أدري إن كنت هكذا فيما سبق من عمري أم أن هذا قد حدث الآن فحسب لسبب من الأسباب. كل ما أدريه أنني نظرت في قدميَّ فجأة فوجدتني حافيًا، لكنني نظرت إلى قدميَّ لأنني تألمت جدًّا من حصوات دقيقة انفلتت بين أصابع قدميَّ وقرصتني قرصًا موجعًا. حاولت أن أعرف منذ متى وأنا حافي القدمين، لم أتذكر أنني دخلت المسجد اليوم لأقول إنني خلعت الجزمة ريثما أتوضأ، فسرقها أحد المصلين كما يحدث دائمًا، وكما شاهدت بعيني كثيرًا في مدن بعيدة لا أذكر اسمها، لم أتذكر أنني نمت في أي مكان خارج الدار لأقول إنني خلعتها لأجعل منها مخدة تحت رأسي، فسرقها شقي عابر. رأيتني أبتسم من خاطر مر بذهني على هيئة جرنان مفرود ومكتوب عليه عنوان بالخط الكبير: «لص يسرق جزمة رجل وهو يمشي دون أن يشعر به». أيكون هذا قد جرى بالفعل؟ كيف؟ أأكون قد نسيتها في الدار قبل خروجي؟

إنني لا أعرف حتى أين هي داري، بل لا أعرف إن كانت لي دار هنا أم أنني غريب عابر سبيل.

سرعان ما تبينت أنني أمشي في هذا الشارع المجهول منذ وقت مضى، ولكنني لم أتذكر أين تكون وجهتي على وجه التحديد. صرت أتلفت في كل ناحية، أنظر في كل شيء، أكاد أستوقف كل طفل لأسأله إن كان قد عثر على جزمة شكلها... شكلها... شكلها... ثم تذكرت شكلها، أنا بالفعل كنت ألبس جزمة. الآن تذكرت، إذن فهي قد ضاعت، فأين ضاعت يا ترى؟ وكيف ضاعت؟ رجال قلائل جدًّا صادفوني في هذا الطريق ماشين في الاتجاه العكسي، فكنت أحدق في أقدامهم بارتياب، إلى أن رأيت عربة نقل كبيرة بجرار تقف راكنة على جنب في الطريق. متى اختفى الشارع؟ وكيف تحول إلى طريق في الخلاء؟ فوجئت بأن هذه العربة الجرار ملآنة بالرفوف الخشبية، وأن عجلاتها هي الأخرى من الخشب، الرفوف على شكل عيون واسعة مربعة كرفوف العطار. نظرت فيها فهالني أنها ملآنة بالأحذية المرصوصة بجوار بعضها، استغربت! قلت لنفسي: «لعلها دكان متنقل يبيع الأحذية القديمة بعد تصليحها وتنظيفها».

اقتربت وقد وقر في ذهني أن هناك من يسرق أحذية الناس ويبيعها لهذه العربة، كي تبيعها بدورها للناس بنصف أو ربع الثمن. صرت أدقق النظر في الأحذية المرصوصة على رفوف العربة الجرار، وقد ارتفع في صدري اليقين بأن جزمتي موجودة بين هذه الجزم. بالفعل تعرفت عليها راقدة في رف من الرفوف، بحثت عن صاحب العربة

الجرار لأضربه وأشده إلى قسم الشرطة الذي لا أعرف له مكانًا هنا.
لم أجد أحدًا على الإطلاق. تشعبطت في رفرف العربة، قفزت إلى
داخل صندوقها المستطيل غير المسقوف، نزعت جزمتي من مكانها
على الرف، ثم لبستها في الحال وقفزت من العربة إلى الطريق الذي
فوجئت بأنه عاد فصار شارعًا كما كان، على جانبيه العمائر والفيلَّات.
كنت أسب وأشتم وأشوح بيدي في غيظ وغضب، والناس من حواليَّ
يرمقونني في إشفاق كأنني جُننت. وحينما تفكرت في الأمر وظهر
لي أنني ربما أكون جُننت فعلًا، فوجئت بأنني صحوت من النوم وأنا
أقهقه بصوت عالٍ.

لم يقلقني هذا المنام لأنني رأيته في مدخل النوم حيث تكون
المنامات خنفشارية لا أصل لها من فصل، ولا فصل من أصل، ولما
فتحت عيني ورأيتني أضحك مقهقهًا، اعتبرت المنام نكتة بايخة
داعبني بها كابوس النوم الرذل، ثم استأنفت النوم حتى أذان الفجر
فصحوت، صليت الفجر وتوكلت على الله إلى السوق.

مر النهار عاديًّا ككل يوم، ومر الذي يليه فالذي يليه دون أن
يعكر صفوي شيء، لا من ناحية مفتش التموين ولا من ناحية
المسواق ولا السبوبة ولا مناكفة الزبائن من النسوان السليطات
طويلات الأيدي.

قل إن شهرًا أو أكثر قد مضى، في ذلك الحين كانت أمي تعيش
معي وهي فوق الثمانين من عمرها، لا تهش ولا تنش، إلا إنها كثيرًا
ما تتضايق من زوجة أخي حسين في البلد، ومن حسين نفسه لأنه لا
يرعاها مثلي، إذ هو رجل عاجز البصر وفي حاله معظم الوقت، فتجيء

لتقعد عندي شهرين ثلاثة أربعة، إلى أن تشتاق لعيال أخي حسين، فأكسوها وأصحبها إلى كوم سعيد، فأتركها وأعود إلى القاهرة.

وذات يوم زهقت من خمول السوق حيث بقي من السبوبة صفيحة قراميط، وحوالي عشرين كيلو بلطي على مكرونة على بياض، فتركت ولدي صابر يبيعها على مهله وقفلت عائدًا إلى الدار لكي أغمض عيني وأريح الجثة قليلًا قبل صلاة العصر، فلم أجد في الدار سوى أمي بوجه مكفهر أزرق اللون، وبناتي سناء وآمال وهدى وراوية قد انزوين كل واحدة منهن في ركن وانخرطن في بكاء صامت. انقبض صدري، فأنا مستعد لاحتمال أي شيء في الدنيا إلا رؤية ولادي حزانى. لو شكتهم شوكة ينجرح قلبي ويصيبني الهياج. بقلب واجف سألت:

ـ فيه إيه يا ولاد؟

لم يتكلمن، لكن أمي عدلت الطرحة فوق رأسها وقالت في وجل كأنني سأُحملها مسؤولية ما حدث:

ـ يا ولدي، أم صابر لمت هدومها ومشت.

مشت؟! أم صابر عملتها؟! وقع بيننا ما وقع من عراك طوال عمرنا وكان الأمر ينتهي بمجرد ما أرقد بجانبها على السرير، وما أظن ما حدث بيني وبينها من مشاحنة ليلة أمس يمكن أن يجعلها تتصرف هذا التصرف الكبير الغليظ. تلم هدومها وتمشي تاركة عيالها!

كنت أعرف ـ كما تعرف أمي وعيالي أيضًا ـ أن العلاقة بيني وبين ولد عمها السماكين ليست طيبة منذ وقت طويل مضى؛ لا أطيقهم ولا يطيقوني، تعاركت معهم وتعاركوا معي مئات المرات في سوق غمرة وفي السيدة زينب، حتى حدثت القطيعة بيننا، فكأننا لا نعرفهم

ولا يعرفوننا. معنى الكلام أن أم صابر لا يمكن أن تقلَّ عقلها وتذهب إلى عمها في الجيزة.

قلت لأمي:

ـ قالت لكِ أم صابر أين ستذهب؟

ردت أمي قبل أن أكمل سؤالي:

ـ أظن يا ولدي أنها قالت إنها مسافرة إلى أهلها في كوم إسفحت.

في الحال لبست ثيابي، هرولت إلى موقف سيارات الأجرة في بر الجيزة، ركبت البيجو إلى أسيوط، ومن أسيوط إلى صدفا، ومن صدفا إلى كوم إسفحت.

ـ سلامو عليكم.

ـ عليكم السلام.

ـ أم صابر جاءت لكم اليوم؟

ـ لا والله لم تجئ ولا رأينا لها وجهًا.

ـ أصلي عدت من السوق فقالت لي أمي إنها لمت هدومها وسافرت إليكم.

ـ أكيد راحت لعمها في بر الجيزة.

ـ مروءة من فضلكم! واحد منكم يجيء معي لنذهب إلى عمها لأنني كما تعلمون متعارك معه، وأخاف لو ذهبت إليه وحدي أن نتعارك، أريد أن أطمئن عليها فحسب، ولها بعد ذلك أن تسافر معكم أو تعود معي، هي ورغبتها.

ـ وماله! ارجع أنت إلى مصر وسنلحق بك غدًا إن شاء الله.

قمت واقفًا لا شاي ولا غداء ولا أي شيء من واجب الضيافة،

ركبت البيجو عائدًا إلى القاهرة، وصلت إلى بيتي في الثالثة صباحًا، ارتميت نائمًا كالقتيل، والعيال من حولي يبكون لعودتي بدونها.

في الصباح المبكر هرعت إلى سوق غمرة وقد انصدت نفسي عن المسواق وعن الشغل كله، إنما كنت أقصد جمع الأخبار عن أم صابر من عيال كوم إسفحت المشتغلين في حلقة السمك، وما أكثرهم.

جلست إلى رجل طيب يدعى «محمد علي عمر» من كبار معلمي السمك في سوق غمرة، رحت أحكي له ما جرى، فإذا بولد من كوم إسفحت يلتقط شيئًا من كلامي، فاقترب مني صائحًا:

ـ تتكلم عن حرمتك؟ إنها ستسافر الآن إلى الصعيد في قطار الثامنة والنصف صباحًا، عمها أرسلها مع ولد عمها المجند في الجيش. الساعة الآن الثامنة، يعني لو خطفت رِجلك تستطيع اللحاق بها في القطار قبل قيامه من محطة مصر.

انتفضت واقفًا أبحث عن سيارة توصلني إلى محطة مصر.

ربنا وضع في سكتي رجلًا اسمه «أبو رضا» صاحب سيارة سوزوكي نصف نقل تستأجرها أنت وغيرك لنقل ما تتسوقه من سوق غمرة إلى المكان الذي تفرش فيه. رميت بنفسي على بوز السوزوكي هاتفًا:

ـ الحقني يا ابو رضا، اطلع بي على محطة مصر فورًا، سأشرح لك الأمر في السكة.

الرجل الطيب لم يفك حنكه بكلمة، ولكي يهرب من إشارات المرور خرم بي من شوارع جانبية، طيران على محطة مصر.

وصلت إلى الرصيف والقطار يتحرك، تشبثت بآخر عربة من

القطار ممسكًا بحديد الباب، قفزت إلى الداخل ببراعة لم أعرفها في نفسي من قبل، أخذت القطار من أوله سيرًا في الممر أحملق في الكراسي، حتى وجدت أم صابر قاعدة بجوار ابن عمها المجند.

ـ قومي يا ولية، أين صرة هدومك؟

وقف ابن عمها هائجًا:

ـ لا لن تعود معك، على جثتي، إنها أمانة في رقبتي، ولا بد من توصيلها للبلد وتسليمها لأهلها يدًا بيد.

صرخت فيه بغضب:

ـ كلام كتير سأضربك وأفضحك.

كلمة مني كلمة منه، هاج صوتنا في القطار كله. على الكرسي المقابل يقعد أمين شرطة مع بعض الصعايدة، صاح فيَّ بخشونة:

ـ مالك يا جدع أنت فيه إيه؟

ـ يا سعادة البيه هذه زوجتي معي منها ستة ولاد، وهذا الجدع يقوم الآن بتهريبها إلى الصعيد، اسأله أنت حضرتك لماذا يأخذها؟

وقف أمين الشرطة ومال نحو أم صابر في جدية واهتمام كبيرين هاتفًا:

ـ يا حاجة! تبغين العودة لعيالك أم الذهاب إلى أهلك؟

بدون أي تردد قالت أم صابر:

ـ أرجع لعيالي.

قال ابن عمها المجند:

ـ لا يمكن، إنها أمانة في رقبتي من عمي الكبير.

صرخ فيه أمين الشرطة:

ـ اخرس أنت أحسن ودِيني وما أعبد آخذك إلى قسم الشرطة بتهمة خطف سيدة من ولادها.

شاركه الجالسون في العربة كلها، شتموا الولد وهزأوه وتجمعوا حوله والغيظ واضح عليهم، مما شجع أمين الشرطة على التصرف:

ـ قومي يا حاجة وانزلي مع زوجك.

فقامت أم صابر وسحبت صرة هدومها. كان الولد مستعدًّا للاشتباك مع أمين الشرطة، فهو لبط كما يظهر عليه، لكنه أخذها من قصيره وسكت خوفًا من الركاب المغتاظين منه. كان القطار يهدئ للوقوف في الجيزة فيما راح الركاب يودعوننا بمرح وانبساط.

نزلنا في محطة الجيزة، سألتها:

ـ إذا أحببتِ أن نعود إلى دار عمك لآخذك منها حتى لا يغضب عليكِ فأنا لا أمانع.

قالت أم صابر في حسم:

ـ خذني إلى عيالي.

هاجت الدار كلها يا ابو العم، وأنا صارت دموعي تهطل من شدة التأثر والفرح لانبساط العيال ولتوفيقي في العودة بها من أجلهم، ذلك أنني أحبها حبًّا كبيرًا جدًّا والله يا أستاذ. ومن يومها وأنا موقن أنني بدونها كمن يمشي حافيًا على طريق من الحصى والأشواك.

كلبان

رأيتني واقفًا على شاطئ نهر يشبه نهر النيل. الدليل الكبير الذي أقنعني أنه نهر النيل، هو أنني لم أكن خائفًا منه كأنني صديقه كما هو صديقي. أمواجه كانت تَسبح في هدوء، ترفع رؤوسها كأنها تبعث لي بالتحية، تقول: «تفضل يا رجل وانزل بيننا كما اعتدتَ أن تفعل، فلسوف تجد عندنا الخير الكثير من بلطي وبياض وقراميط». كنت مشتاقًا إليها بالفعل وأود لو أخلع ثيابي هذه النظيفة وأرمي بنفسي في أحضانها، كل شعرة في جسمي كانت منتصبة من شدة الشوق لحضن الموج، ثم إن لون المياه كان يشبه لون بشرتي الخالق الناطق؛ فهي إذن من لحمي ودمي وأنا من لحمها ودمها. الشيء الوحيد الذي جعل النهر يبدو غريبًا بعض الشيء هو اتساعه الكبير، لدرجة أن الشاطئ الآخر ـ الذي خيل لي أنه لا بد أن يكون الشاطئ الشرقي ـ لم يكن يبدو له أي أثر على مدد الشوف، مع أن نظري ستة على ستة كما قال لي الطبيب ذات مرة في كشف الجهادية. الماء ممتد قدام بصري إلى غير نهاية، في حين أنني رأيت نهر النيل من أسوان إلى الإسكندرية، وفي

أعرض مساحاته عند بلدة النخيلة، فلم يحدث أن غاب الشاطئ الآخر عن بصري.

الموضع الذي أقف فيه أشبه بالموردة: سلالم حجرية عريضة مبنية في المسطاح من شفة السكة إلى عمق غاطس بطول قامة رجل عملاق، أُعدت هذه الموردة لتجلس النساء عليها لغسل القمح والثياب والمواعين.

نظرت حوالِيَّ فلم أجد صريخًا ابن يومين، وعلى امتداد مساحات كبيرة لا أثر يدل على بلدان قريبة أو بعيدة، لا شيء سوى الأرض الشراقي وبقايا حطب جاف. بدأ الخوف يعتريني، والصمت الذي يلف كل شيء حولي أقنعني بأن الدنيا كلها ماتت ولم يبقَ على ظهر الأرض سواي.

لحظة أن صعدت الصرخة إلى حلقي وتأهبت للاندفاع، فوجئت بذلك الرجل الطائر إياه الذي كنت رأيته في المنام مرات، وفي الحقيقة مرة حينما شتمني واستتابني. شفته يطب راكسًا أمامي على ركبة ونصف. تشهدت إذ رأيته، قلت: «الحمد لله، ها هي الدنيا لم تمُت بعد».

أشار إلى كتفيه قائلًا: «اركب». قلت له: «توصلني إلى البر الشرقي؟». قال: «اركب». طوقت عنقه بذراعيَّ وظهره بساقيَّ، دفع نفسه لأعلى فارتفع في الهواء، ثم فرد ذراعيه نائمًا على بطنه فوق السحاب. صار الماء يجري من تحتنا في الاتجاه المعاكس، والريح تُصفر في أذني بزمجرة رهيبة تكاد تعصف بي، فأتشبث برقبة الرجل وهو يضحك في زئير يرج السحاب، ويقول: «لا تخَف». قلت له:

«اختَر مكانًا آمنًا على الشاطئ الشرقي واتركني فيه يكون لك الشكر، الله يرضى عليك».

لاح البر ثم اقترب، بدأ الرجل في الهبوط إلى أن وقف تمامًا على الشاطئ، نفضني عن ظهره فاستويت واقفًا. لفَفت حوله لأشكره وجهًا لوجه، فلم أجده.

وجدتني على البر وحدي، أمامي شريحة من الأشجار قصيرة القامة، من الواضح أنها مزروعة من وقت قريب جدًّا، فروعها نحيلة وأوراقها قليلة صفراء تتأهب للسقوط مع كل نسمة هواء. فهمت أننا في فصل الخريف. بقيت واقفًا في مطرحي أفكر فيما يجب عليَّ أن أفعله، شفت كلبين؛ أحدهما قادم من يميني والآخر من شمالي، يجريان نحوي فيما هما ينبحان نباحًا متصلًا عالي الصوت مستفزًّا للأعصاب. لم يكن يبدو عليهما أنهما يقصدان بي شرًّا، بل كانت الطيبة واضحة على وجهيهما، مما جعلني أتصور أنهما يرحبان بي، لكن نباحهما ضايقني وخوفني من فضيحة غامضة مجهولة. انحنيت على الأرض، كبشت حفنتين من التراب، رميت هذا في وجهه بواحدة، ورميت الآخر بالأخرى، فاستدار كل منهما من سكات ومضى إلى حال سبيله.

دخلت بين الأشجار، إن هي إلا خطوة واحدة خطوتها، إذ وجدت نفسي واقفًا وسط مقابر أشبه بمقابر بلدتنا كوم سعيد. عجبت، تساءلت: «ما الذي جاء بي إليها أو جاء بها إليَّ؟!». مشيت في نفس السكة التي أمشي فيها دائمًا كلما زرت القرافة لأصِل بعد خطوات معدودة إلى مقبرة عائلتنا. فجأة وجدتها قدامي، شفت ثلاثة رجال

يفتحون المقبرة، يستخرجون من بطنها قوالب طوب. ارتجف قلبي، اندفعت نحوهم، فإذا هم: أخي حسين ومحمد ولد خالي وأخوه صفوان. شعرت بدمائي تجف في عروقي، تهيأت للصراخ وشق الهدوم من شدة شعوري بالفجيعة، رغم أنني لم أعرف بعد من الذي مات. في اندفاعي نحوهم كبوتُ، وقعت في الأرض، تشقلبت، وكالبهلوان اعتدلت قاعدًا.

تقلبت أم صابر من فزعتي، استوت قاعدة هي الأخرى، قالت: «الفجر وجب؟». نظرت في ساعتي فإذا الفجر قد وجب حقًّا. توضأنا معًا، صلينا معًا. ثم إنني لبست ثياب السوق الزفرة وقلت لأم صابر: «اطبخي لنا اليوم لحمًا أو دجاجًا!». توجست الولية، قالت: «ماذا رأيت؟». قلت: «الآن أرى ناسًا من البلدة تركب القطار لتجيء إلينا، فكُوني مستعدة والسلام بأي طعام يليق بضيوف!».

توكلت على الله إلى السوق منقبض القلب، وثمة هاتف يوعز لي أن أمكث اليوم في الدار تحسبًا لأي طارئ مشؤوم، إلا إنني لا أتراجع عن السوق بسهولة، فاليوم الذي لا أذهب فيه إلى السوق مخصوم من عمري كأني لم أَعِشه.

تسوقت سمكي، وعدت من السوق الكبير في الضحى، لأجد في السوق الصغير في مزلقان منشية ناصر تلغرافًا من البلد في انتظاري: احضر حالًا! خالك تعيش أنت!

عند أذان العشاء كنت في بلدتنا كوم سعيد مركز صدفا بمحافظة أسيوط. أديت واجب العزاء في خالي، قفلت عائدًا إلى دار أخي حسين الجديدة على شاطئ المصرف في مدخل البلدة. صار أخي

حسين يكلمني في مشكلة كنت نسيتها: الحكاية أن ولدي الكبير صابر شارك عمه حسين في ماكينة لطحن الكُسب الذي تأكله المواشي، ودفع له خمسمائة جنيه نصيبه في الشركة، لكن أختي صفية ـ وهي حماة ولدي صابر ـ ضغطت على زوج ابنتها لكي يسترد الخمسمائة الجنيه من عمه لتستثمرها له في مشروع أضمن ربحًا من مشروع عمه الخايب. طاوعها الولد، طلب المبلغ من عمه بإلحاح، وعمه غير مستعد حاليًا لرد مبلغ كهذا، وإنه لغاضب من الجميع؛ نمرة واحد: كيف يشاركه الولد في مشروع ويعود بعد شراء الماكينة فيطلب المبلغ؟ هل هو شغل عيال؟! نمرة اثنين: كيف لأخته صفية ـ عمة الولد وحماته ـ أن تقول للولد مثل هذا الكلام؟ هل جُنت في عقلها؟! هل هذا من الأدب والأصول، أم أنه شُغل حَوَش لا يليق بنا؟!

ما كدت أشرع في تهدئة خاطره حتى فوجئنا بأختي صفية داخلة علينا. قعدت عن يميني، وكان أخي حسين عن شمالي. دقيقة واحدة يا خال بعد السلام والسؤال عن الصحة والبقية في حياتك وحياتك الباقية، ثم انفلت عيارهما معًا، كل منهما راح ينبح ويصرخ في أذني شاكيًا من الآخر، وأنا حائر بينهما لا أكاد أنتبه لأحدهما حتى يشدني الآخر، والكلام يزداد غلظة شيئًا فشيئًا حتى يتحول إلى شتائم بذيئة قبيحة، وفي صوت عالٍ كالفضيحة المدوية. صعبت عليَّ نفسي وأنا كبيرهما ومن الواجب عليهما احترامي. أفلتت أعصابي، صرخت فيهما أن يكفَّا، فما زادتهما صرختي إلا تطاولًا، فإذا بي أهوي على صدغ أخي حسين بصفعة اجتهدت ألا تكون عنيفة، لكنني عجزت عن التحكم في قوتها! تلقاها المسكين وغادر المندرة إلى داخل

الدار في احتجاج مكتوم، ثم هويت على صدر أختي صفية بزغدة خفيفة، تلقتها بصمت ونهضت في الحال مغادرة المندرة والدار كلها وهي تشهق من البكاء.

صرت وحدي في المندرة لا أدري ماذا أفعل، فشلت في تهدئة نفسي، خرجت إلى الخلاء وفي نيتي أن أشم الهواء لعلي أهدأ. لكنني بعد مشي طويل تبينت أنني أقترب من محطة صدفا، أخذتها من قصيره، صممت على السفر من ساعتي.

ما كدت أقتعد كرسيًّا في قطار الصحافة المتوجه إلى القاهرة حتى لفحني الهواء، فأغمضت عيني مرهق الأعصاب، فانبعث في مخيلتي صورة كلبين ينبحان عن يميني وعن شمالي، ويدي تقذف كلًّا منهما بحفنة من التراب فيرتدَّان عائدين. ابتسمت رغمًا عني، وأسلمت رأسي للنوم اللذيذ.

الأخ الأقدم

رأيتني قاعدًا مع أم صابر وحدنا في لحظة روقان نادرة، حتى صرت أسأل روحي: «متى حدث هذا يا ولد؟ هل أنتما دائمًا هكذا، أم أنها لحظة فالتة من رقابة الزمن، تعود الحياة بعدها إلى جهنمها الحمراء؟!».

خُيِّل لي أننا دائمًا هكذا طول عمرنا: هي وأنا على السرير بعد أن استحممت بالمياه الساخنة والصابون المعطر فأزلت زفارة السوق عن جسدي، ولبست الفانلة والسروال النظيفين، وخلعت الصديري فصار مكان المحفظة ينقح على جنبي كالعادة كلما خلعته، كأن جنبي تَعَوَّد على ثقل المحفظة وكأنها رقعة ثقيلة تحميه من البرد، وبغيابها ينفتح شباك الريح على جنبي فيوجعني. إلا إنني تلذذت بالتخلص من كل ثقل المحفظة لكي أنعم بهذه القعدة المريحة مع أم صابر وحدنا، بعيدًا عن دوشة السوق ودوشة العيال. هي أيضًا من الواضح أنها مبسوطة آخر انبساط، حيث خلعت ثيابها السوداء كلها ولبست قميص النوم النايلون الذي اشتريته لها من الموسكي ولم أرَها ترتديه أبدًا قبل الآن، وتعطرتْ، ووضعت أمامنا طبقًا فيه موز وبرتقال، وفاكهة

اسمها الكاكا ظنناها أول الأمر نوعًا من الطماطم الإفرنجية، ولما ذقناها ووجدناها كالعسل النحل أدمنَّاها.

خُيِّل لي أن أننا دائمًا هكذا، ثم خطر لي فجأة أننا لم نكن أبدًا هكذا؛ فهذه اللهفة، وهذه الفرحة، وهذا الخوف من أن يكدر صفونا شيء أو يطلع علينا عفريت من العيال أو عيال العيال، وهذه الرعشة في أطرافي وأطرافها، وجيوش النمل التي تتمشى في عروقي، وتُحرك تحت بطني رجلًا كاد يموت من كثرة الدفن والنسيان... كل ذلك يؤكد لي أن أننا قد أفقنا فجأة فرأينا أنفسنا على هذا الوضع، وأننا يجب أن ننتهز الفرصة لننعم بهذه اللحظة التي وضح أننا كنا ننتظرها من زمن طويل مضى. وها نحن نشعر كأننا نغافل حراسًا مجهولين لنسرق منهم شيئًا ثمينًا غاليًا.

هيء... ها... النكد وراءنا وراءنا. كنا نظن أن إغلاق الباب علينا من الداخل سيوفر لنا الأمان في هذه اللحظة الرائقة، إلا إننا فوجئنا بكلب أسود ضخم الجثة كحمار، يربض في ركن من الحجرة ناظرًا فينا، مكشرًا عن أنيابه. نظرت لأم صابر ونظرت لي. كان الخوف باديًا عليها إلى حد الرعب، وكان الرعب قابعًا في قعر بطني إلى حد الظن بعدم الخوف.

نظرات أم صابر تسألني: «من أين جاء هذا الكلب ومتى وكيف؟!». إننا لا نربي كلبًا في بيتنا، كما أننا نعرف كل كلاب الحارة كلبًا كلبًا، ونحن وهم أصدقاء، ولا يجرؤ كلب منهم على النظر فينا هكذا بعين الشر، بله أن يتهيأ للوثوب علينا. سبحان الله، ألا يحق لنا أن ننعم في هذا البيت بلحظة راحة وفرح؟ أعوذ بالله، هكذا قلت في عقل بالي.

لكني قلت لأم صابر: «لا تخافي يا ولية، فالكلب شيمته الوفاء، وهو الأخ الحقيقي للإنسان في الحياة، بل هو الأخ الأكبر لأنه الأقدم منه على الأرض ولذا فهو الأعقل».

أم صابر طبعًا لم يدخل عقلها هذا الكلام، راحت تلحسني بنظرات سخنة خشنة، تشد قميص النوم على وركيها لتداري بياضهما الشهي، وتداري صدرها بيديها كأن الكلب سينهش ثدييها. وبينما رحت أفكر في النزول عن السرير لأفتح الباب وأطرد هذا الكلب بصنعة لطافة، حتى لا يهجم عليَّ متصورًا أنني أقصد به شرًّا، ما دريت إلا وهو يزداد اقترابًا منا فاتحًا حنكه المخيف عن أنياب كالخوابير، يزأر بشدة ونذالة غير معهودة في الكلاب. فما كان مني إلا أن مِلت على الأرض بسرعة فما وجدت سوى حذائي الأسود، فاختطفت فردة ونشنت على الكلب وقذفته بها، فإذا هي تستقر بين فكيه، وإذا به يهرُّ كأنه فرح بها، ثم يختفي في الحال.

ما كدنا نستعيد لحظة الهدوء التي كنا فيها حتى فوجئت بي أتقلب في الفراش وأفتح عيني على صوت أذان الفجر، وأم صابر واقفة في وسط الحجرة بالفوطة، وأمامها حلة الماء الساخن تناديني كي أتوضأ وأصلي الفجر، وألبس هدوم السوق الزفرة وأتكل على الله إلى معمعة الشقاء اليومي في سوق السمك. قلت في عقل بالي: «ربنا يستر». وقلت بصوت عالٍ رغمًا عني: «اللهم اجعله خيرًا». امتثلت لفضول أم صابر فحكيت لها ما رأيت حالًا، فشوحت في فروغ بال وقالت:

ـ الكلب أخو الإنسان، فلا تخَف منه!

قلت من باب طمأنة النفس:

ـ وهو معروف بالوفاء!

لكنني ربك والحق كنت قلقًا أشد القلق. فاتت الأيام تجري كالفلوس الطائرة نحو العيد الكبير الذي كان على الأبواب. كل يوم أشتري وأشتري، لا أكف عن الشراء إلا لأتذكر شيئًا كان يجب أن أشتريه للعيد. كل عيالي وعيال عيالي اشتريت لهم ما قدرني الله عليه، خروف العيد كالعادة كان لا بد أن يجيء كبيرًا سمينًا يكفي العائلة والتفريق على المستحقين. ويوم الوقفة فوجئت بي أنا وأم صابر قاعدين وحدنا على الكنبة بثيابنا القديمة حيث لم نشترِ لأيٍّ منا خيطًا في إبرة، فقد نفدت كل الفلوس ولم يبقَ معي سوى جنيهات قليلة غيرتها بجديدة من أنصاف وأرباع وبرايز لتفريقها على العيال صباح الغد. لكننا كنا في غاية الانبساط ندبر لقضاء نصف ليلة في هدوء وراحة بال. كان كوب الشاي أمامي وسِنَّة الأفيون تحت لساني ومبسم الشيشة في فمي حينما رفعت رأسي على ظل أسود يسد باب الحجرة، نظرت فإذا به أخي حسين قادمًا من البلد. أهلًا وسهلًا مرحبًا. سلم علينا وقعد بجوار الباب مكفهرًا عابس النظرات.

ـ أمك بخير يا حسين؟

ـ الحمد لله.

ـ أولادك عال العال؟

ـ الحمد لله.

ـ البلد كلها طيبة؟

ـ الحمد لله.

ـ مالك إذن؟!

لا يرد. ظل هكذا طوال الليل حتى كدرني وعكر دمي وسود الدنيا في وجهي، ومخي يضرب يقلب بحثًا عن السر في لوية بوزه وعما يكون وراءه من أخبار سيئة يخفيها عني إلى حين.

من شدة الكدر داهمني الصداع والدوخان والهمدان، قمت فدخلت الحجرة الداخلية ورميت بنفسي على السرير سابحًا في ملكوت لانهائي. وكان صوت الودَوَدة بين أم صابر وأخي حسين يجيئني غامضًا مبهمًا مقلقًا، يغيب أحيانًا حتى الموات ثم يعود في جلبة سرعان ما أتبين منها أن أم صابر ذهبت فأحضرت له العشاء وعملت له الشاي. إلى أن طلع النهار وقامت قيامة الدار والدنيا كلها، فانتفضتُ قاعدًا أحاول العثور على دماغي في بحر التوهان، لحظتها دخلت أم صابر قائلة بشيء من الضيق:

ـ أخوك حسين يطلب جزمة جديدة يعيِّد بها بدلًا من البرطوشة التي في قدميه!

سبحان الله، لوية البوز هذه كلها من أجل حذاء جديد! يجيء من الصعيد للقاهرة من أجل جزمة؟ صحيح أنه يركب القطار بالمجان نظرًا لأنه نصف ضرير وفرَّاش مدرسة مقعد بشهادة صحية، لكن المشوار سخن. هل جاء ليعيِّد علينا، أم جاء يضرب عصفورين بحجر واحد؟! المهم ماذا أفعل له الآن وليس معي مليم واحد؟ وبينما أتدبر أمر الخلاص منه بصنعة لطافة، ألهمني الله أن حذائي الأسود الذي اشتريته منذ شهرين جاء ضيقًا بعض الشيء على قدميَّ، وأنني نويت شراء غيره حين ميسرة. طلبت من أم صابر أن تبحث لي عن الحذاء القديم الذي كنت هجرته بعد شراء هذا الجديد،

فانحنت تحت السرير ولهثت حتى انقطع نفَسها بين الكراكيب إلى أن أتت به متصلبًا كالحًا. فلما اطمأننت إلى وجوده أتيت بحذائي الجديد ووضعته في كيس نايلون من أكياس البيع وناديت حسين فأعطيته له، ففرح به فرحًا شديدًا وتهلل وجهه وهو يتأبطه ويختفي به عن ناظري. وبينما شرعت أتمدد مسترخيًا محاولًا استعادة دماغي سمعت طرقًا على الباب، وقيل لي إنه الجزار، فانتفضت قائمًا إليه لأقدم له خروف الضحية.

كابوش الذهب

ما كان لي علم بأن ابنتي راوية ـ آخر العنقود ـ ضاعت منها سلسلة بمصحف من الذهب، ثمنهما معًا فوق الأربعمائة جنيه في زمن الرخص يوم اشتريناهما. ولو علمت لقلت لها فداكِ، ولاشتريت لها غيرها دون إبطاء، فأنا لا أستخسر شيئًا في راوية لأنها وش السعد من يومها، مع أنها جاءتنا غصبًا عني وعن أمها! فجأة حملت أمها فيها بعد أن توهمنا أنها كبرت على الحمل، وبعد أن شبعنا من كثرة العيال: سناء وآمال وصابر وهدى ومحمد، عال العال وربنا يقدرنا على تربيتهم في زمن بخيل يسوق النذالة معي.

أيامها كنت كلما حوطت مكانًا في مقابر قايتباي، يجيء ذلك المسمى بـ«البلدوزر» يهده ويمشي في مهابة وجبروت، مع أن المكان الذي أقيمُ عليه جداراني ليس ملكًا لأحد ولا هو مطلوب لأحد، إنما هو فراغ واسع بين تُربتين لا ضير أن يعيش فيه بعض الأحياء ممن لا دار لهم في هذا البلد. ومثل بعض الحشرات التي تدفن نفسها في شقوق تضمن عدم قدرة الكائنات الكبيرة المعادية على النفاذ إليها، زحفت أنا إلى أعماق جوانية في قلب المقابر لا يستطيع البلدوزر

الدخول إليها بأي حال من الأحوال، وأقمت تعريشة من الطوب والطين والبوص وصناديق الكرتون المفككة.

صرت أقضي الليل كله راقدًا في فتحة الباب من الداخل بالعرض، لأمنع أي خطر عن الدخول إلى العيال. ثمة ثعبان أسود منقوش الظهر بما يشبه الأصداف الملونة نقشة لا مثيل لها في خان الخليلي، لم يكن عدوانيًّا ولا شريرًا، ربك والحق، لأنه شبعان حتى التخمة، والمقابر من حوله ثلاجات تحفظ له أفخر أنواع اللحوم السكرية، لكنه لم يكن يحلو له الرقاد إلا تحت مخدتي، حيث أشعر وأنا في عز النوم أن المخدة ترتفع برأسي، وكومة لحم طري تتقلب تحتها بقوة فتهدهد رأسي بين علو وهبوط. كان واثقًا بنفسه لأنه يعرف ومتأكد أنني غير راغب في إيذائه، إنما الفزع كله يأتي من خوفي أن يخش بين العيال الراقدين كالموتى فيصرعهم ويسلب النوم من عيونهم مدى الحياة، وستلول أم صابر قائلة: «ألا يكفي أنني وأنت نقضي معظم الليل والنهار نصطاد العقارب بسيخ حديدي مدبب؟ حقًّا لم يكن ينقصنا إلا أن تنام الثعابين في أحضاننا!».

الفزع كان ممنوعًا عليَّ حتى لا يفتضح أمر الثعبان للعيال من ناحية، وحتى لا يتصور حضرته حين يشم رائحة خوفي أنني أقصد به شرًّا من ناحية أخرى، وإلا هاجمني قبل أن أثبت له حسن نيتي. بكل هدوء أنهض قاعدًا، بهدوء أكثر أهب واقفًا، أشب على أطراف أصابعي، خطوة والثانية أصل إلى لمبة الجاز نمرة خمسة المعلقة على الحائط، أرفع شريطها فتتسع خيمة الضوء، يكون هو قد أطل بدماغه وعينيه البراقتين من تحت المخدة وراح لسانه الشبيه بالزخمة يبصبص هنا وهناك في لؤم. أعرف بخبرتي الطويلة أن الثعابين تكره الضوء في الليل، وتعشق

الأركان المظلمة في النهار. هذا الضوء يكفي لطرده بالحسنى. مع ذلك أروح أستنجد بسيدي الرفاعي، أقرأ سورة يس وآية الكرسي، يدي تزحف بجواري مقتربة من النبوت المركون استعدادًا لسحبه والنزول به فوق هذا الدماغ الكريه إذا قلَّ أصله وزحف نحو العيال. أراه ينظر لي محملقًا بتركيز كأنه ينذرني بالويل إذا تحركت من مكاني، وإذ يراني مسمرًا في مطرحي ينظر لي ثانية بغير حملقة كأنه يستأذنني في الدخول. أشير له بذراعي قائلًا في ود، وبصوت خافت جدًّا:

ـ روح لحالك الله لا يسيئك! اتكل على الله! اسعَ!

ويكون قد خرج من تحت المخدة وتكور على نفسه، أشير له بذراعي إلى الباب مترجيًا. ربك والحق كان يستذوق فيستدير عائدًا مفرودًا طويلًا بطيئًا كموكب الجنازة.

راوية آنذاك عمرها أشهر قليلة، ضئيلة الحجم كالكوساية، لو فتح الثعبان فمه لابتلعها. ترقد مدفونة في حضن أمها، وأنا من خوفي عليها أراقبها كلما قلقت، ليقيني أن أمها وإخوتها غير راغبين فيها، وكلهم أمل في أن تموت ميتة ربها ولو مكتومة الأنفاس. كان الله قد تاب عليَّ من السرح بالجنبة في الشوارع طول النهار، وهيأ لي دكانًا صغيرًا في منشية ناصر التي بدأت تتسع ويكثر الخلق فيها، صرت أفرش فيه السبوبة.

ذهبت يومًا للمسواق من سوق غمرة، التقاني تاجر كبير أحبه ويحبني، قال لي:

ـ يا أحمد، عندي مائة صفيحة ملوحة صغيرة سعرها مستريح ولقطة. تأخذها بركة ورثك؟

شوحت في وجهه بغيظ:

ـ ماذا أعمل بها يا أبو العم؟! أنا أبيع سمكاتي بطلوع الروح لناس هردبيس لا تشتري إلا بالنص كيلو وكيلو!

ـ خذها تنفعك وقت زنقة، طاوعني.

ـ الله يرضى عليك! ما معي قرش واحد فائض عن بتاع الناس.

صاح كأنني أنقذته من ورطة:

ـ خذها وادفع في أي وقت تشاء، ما بين الخيرين حساب.

ـ على كل حال ابعث لي بعشر صفائح وهي ورزقها.

ومضيت نحو المزاد. شيعني قائلًا:

ـ سأبعث لك خمسين صفيحة ولا تدفع شيئًا، ابسط يا عم.

لم يكن عندي وقت للرد. أنهيت المسواق وعدت بالسبوبة إلى منشية ناصر في عربة سوزوكي صغيرة نشترك في تأجيرها أنا ومجموعة سماكين في أماكن متقاربة، ما كدت أفرش حتى لحقت بي عربة نصف نقل محملة بالصفائح. اغتظت طبعًا لأن الرجل المجنون صمم على رأيه وبعث بالخمسين صفيحة، تركت التباع يعتق النقلة دون أن أهتم به،، فلما انصرف بعربته فوجئت بأن المجنون بعث بالصفائح المائة كلها. أخذت ألطم وأجعر وأسب ديك الرجل والذين خلفوه، وفي النهاية نقلت الصفائح إلى الدار وأنا أتفجر غيظًا وكمدًا. اشترينا جوالين من الملح، في ليلتين تسلينا على الصفائح، غمرناها بالملح وكتمناها وستفناها فوق بعضها بعضًا وغطيناها بمشمع ونسيناها عدة شهور.

الرجل المجنون كان يطلب ثلاثة جنيهات في كل صفيحة، والصفيحة وزنها خمسون كيلوجرامًا. نفسيتي كانت قد هدأت، فصرت كلما التقيته أعطيه عشرة جنيهات في خمسة في ثلاثة في

اثنين أحيانًا، إلى أن بقي له في ذمتي بضعة جنيهات ماطلته في دفعها، وكلما فك حنكه صحت فيه:

ـ تعالَ خذ صفائحك التي تزحم الدار.

فيقول في تهديد مرح:

ـ ماشي يا أحمد، سآخذها.

في عصرية طرية النسمات رائعة الجو كنت قاعدًا أمام بقايا السبوبة أشد نفَسين من الجوزة، فإذا بي أرى صعيديًا ضخم الجثة يشبه ذلك الذي حملني على ظهره في المنام ذات يوم بعيد، وطار بي في الفضاء عابرًا النهر إلى سلم الملك في أسيوط. ارتعت لمرآه، اعتدلت في قعدتي، سحبت أطراف اللباس على ركبتي. اقترب مني قائلًا:

ـ ما تعرف أحدًا يبيع الملوحة هنا يا ابو العم؟

ـ ملوحة لأكلك يعني؟

ـ للبيع والشراء، تجارة يعني.

قلت:

ـ اقعد يا ابو العم. قم يا صابر هات اتنين حاجة ساقعة من أي دكان.

شربنا الحاجة الساقعة واصطحبت الرجل، خرمت به إلى الدار، رفعت المشمع، سحبت صفيحة، فتحتها، كبشت منها حفنة ملوحة بدت كالكهرمان، منظرها يفرح القلب. قال الرجل:

ـ زين، بكم تبيع الصفيحة؟

ترددت، قلت:

ـ يوجد عندي مائة صفيحة، تكلم أنت، فإن وافقني كلامك أهلًا وسهلًا، وإن لم يوافقني أهلًا وسهلًا كذلك.

قال من فوره:

ـ ثلاثين جنيهًا للصفيحة، وآخذ الكمية كلها.

زعق قلبي في ضلوعي بشدة، لكنني قلت للرجل:

ـ حرك نفسك قليلًا.

رفع يده في إصرار صائحًا:

ـ قُل لي الله يربح.

ـ الله يربح، مبروك عليك.

سحب محفظته، عَدَّ لي ثلاثة آلاف جنيه وضعتها في صفيحة فارغة. حمل الرجل صفائحه ومضى وأنا على يقين من أنه الملاك الذي يبعثه الله لي دائمًا في المنام وفي الصحو على السواء. أول شيء فكرت فيه وأنا أعيد عد الفلوس هو راوية، حملت الصفيحة العمرانة ودخلت عليها، وجدتها راقدة، صحت في العيال:

ـ وسعوا وسعوا.

رفعت الصفيحة ودلقتها فوق رأسها فانهمرت الفلوس كالمطر، والعيال في زئيط وهياج يلمونها ويعيدونها إلى الصفيحة. من يومها وأنا أحب راوية وأعزها دون كل إخوتها.

يشاء السميع العليم أن أذهب في ذلك اليوم لصلاة المغرب في جامع قايتباي، بعد التسليم ذات اليمين وذات اليسار وقعت عيني على سيد غريب جالسًا عن يميني. مد يده يصافحني فصافحته. هو في أصله البعيد من أسوان، لكنه مولود هنا.

ـ إيش حالك يا سيد؟

ـ بخير والحمد لله. ألا تريد أن تشتري بيتًا؟

ـ هكذا من الباب للطاق؟ سبحان الله، وأين هذا البيت يا سيد؟

ـ هنا في حارة العجوز.

ـ بيت مرة واحدة يا سيد؟ قُل عشة.

قال سيد إنه ينوي أن يكرمني فيه، ثم إنه سحبني من يدي إلى حارة العجوز. البيت مهجور ومنهار ومكوم بعضه فوق بعض، لكن مساحته واسعة وحجراته كبيرة.

ـ بكم تبيعني هذا البيت يا سيد؟

ـ بثمانية آلاف، واسأل صديقك المحامي محسن حسنين الذي يصلي معنا في الجامع كل يوم، يقول لك إن حجته وأوراقه تمام التمام.

ـ ثمانية آلاف؟! سلام عليكم.

وشمرت ذيل جلبابي وانطلقت بغير تفاهم. جرى ورائي، أمسك بي، صاح محذرًا:

ـ لا تُضِع الفرصة، أنت رجل طيب وربنا يجعله من نصيبك.

جرجرني إلى مكتب المحامي. الكلام جر بعضه بعضًا، أردت أن أفطس البيت حتى يتركاني في حالي، قلت:

ـ إذا كنت توافق بستة آلاف فإنني قد أفكر في الشراء.

فإذا به يقول:

ـ قدر أنك عزمتني أنا والأستاذ بخمسمائة جنيه.

ـ عزومتي بمائتين لا غير يا ابو العم.

ـ حلوين، اكتب العقد يا أستاذ.

صرخت فيه:

ـ انتظر، ليس معي الآن سوى ثلاثة آلاف فقط.

ـ خير وبركة، عند التسجيل تدفع الباقي.

عدنا إلى جامع قايتباي لصلاة العشاء وعقد البيت في جيبي يزغدني في جنبي عند الركوع وعند السجود، ومع ذلك لا أكاد أصدقه. وفيما كنت أخرم بين المقابر إلى داري كان يشغلني هَم المبلغ الباقي.

آمنت بك يا رب. ما كدت أقترب من داري في وسط المقابر حتى فاجأتني لمة كبيرة من الناس معظمهم بلدياتي. تبينت وجه أم صابر تبكي بحرقة، وحولها العيال يصيحون بالبكاء. هرولت إليهم وركبي سائبة، سرعان ما تبينت أن البلدوزر قد داس فوق التُّرب مخترقًا طريقًا إلى عشتنا فكومها وترك عفشنا متناثرًا كل قطعة في ناحية. صرخت في العيال:

ـ لا تبكوا يا عيال، الحمد لله اشتريت لكم بيتًا الآن.

وأخذت ألوح بالعقد في يدي، ثم صحت فيمن حولي:

ـ من كان منكم حزينًا علينا فليعاوننا في تسوير حجرة واحدة نبيت فيها الليلة.

الكابتن محمد نوح عاونني في نقل العفش إلى حارة العجوز. خلع الرجال ملابسهم، هيلا هوب، أزلنا الطوب والردم من إحدى الحجرات، سقفناها بالبوص والحصير. جيراننا المسيحيون أولاد حلال، مدوا لي سلكًا كهربيًّا بلمبة كبيرة اشتغلنا على نورها، واصطدنا من خلال الطوب والحيطان وأكوام التراب ملء صفيحتين من العقارب السامة. وفيما كنت جالسًا أستروح النسمات بعد التعب

لاحظت أن مختار ولد أختي لا يزال جالسًا بجواري، وكان قد ابتنى لنفسه دارًا صغيرة في منشية ناصر، ولسوء حظه وقع في جار مشاغب يدب معه خناقة كل يوم. قلت لمختار:

ـ اسمع يا ولدي، شوف لك صرفة في هذه الدار بأي شكل، وتعالَ أنت وأخوك عزت شاركاني في هذا البيت الواسع أنتما النصف وأنا النصف.

الولد استحسن الفكرة. وفعلًا، أخذت منهما ثلاثة آلاف ومائة جنيه دفعتها لسيد وسجلنا البيت. كان ذلك على وش السعد راوية، وكان لا بد أن أكافئها، فاشتريت لها هذه السلسلة بهذا المصحف الثقيل ليكون حرزًا حريزًا يصونها ويوسع رزقها. وما كان يخطر في بالي أنه يمكن أن يضيع منها، فهي لا تلبسه إلا في المناسبات، لكنه ضاع منها، واستطاع البيت كله أن يكفي على الخبر ماجورًا حتى لا يبلغني فأزعل وأعمل لهم زيطة. لكنني كنت أنظر من تحت لتحت فأرى البيت في حال غير طبيعية. في البداية ظننت أن البيت مقلوب حاله بسبب ما حدث لولدي صابر، إنه راضع من لبن الحمير كما تعرفون، لا يعرف التفاهم بالعقل.

حدث أن داهمنا مفتش التسعيرة الذي يتلكك لنا من أجل أن يأخذ ما فيه القسمة ويرحل، شكنا عشرات المحاضر، كل محضر بغرامة مائة جنيه لاستشوائه مبلغ الرشوة. وولدي صابر ما كاد يراه حتى فقدَ شعوره وتزربن، شتم وسب ديك الكفرة ولم يذكر اسم المفتش ولا شخصه، لكنه لما رأى نية الغدر في عينَي المفتش قال: «ما بدهاش». وشيع له عدة بونيات شلفطت وجهه. عنها وحكمت

عليه المحكمة بالحبس ستة أشهر مع الشغل والنفاذ في سجن طنطا، فانتقلت زوجه بعيالها إلى بيتنا. كان الشجار والنقار والزغد المكتوم يتفاقم في بيتنا، لكن صوته يكف تمامًا حين أبدأ في الانتباه ومحاولة معرفة من أخطأ في حق من. في بعض الأحيان تصلني صيحات مكتومة أتبين فيها لفظ السرقة وأسمع زوجة صابر تتنهد ضَجِرة وتقول: «حسبي الله ونعم الوكيل». ولم يكن يخطر ببالي أن العيال يتهمونها بالسرقة، إنما أنا تأكدت من صحة هذا، بقي أن أعرف لماذا يتهمونها بالسرقة؟ وما الذي سرقته بالضبط؟ كنت واثقًا أنني لو سألت وحققت في الأمر فلن أفوز بكلمة واحدة تتصل بالحقيقة، فرأيت من الأوفق أن أدبر لمعرفة الحقيقة من تحت لتحت بصنعة لطافة دون أن أسأل أو أحقق.

في تلك العصرية توضأت وصليت ركعتين لله، وقرأت عدية يس، واستخرت الله في معرفة الحقيقة، ثم نمت نومًا عميقًا.

رأيتني أمشي في شارع يشبه شارع السوق في حي قايتباي، وإن لم يكن هو. المارة فيه قليلون، حتى الأطفال كل واحد في حاله، وكنت أشبه بمن هو ذاهب للصلاة، مع أنني لا أقصد مسجدًا بعينه بل لا أعرف أين يوجد المسجد ها هنا. وفيما كنت سائرًا بجوار حائط أثري متهدم، خبطت قدمي في صرة مرمية بجوار الحائط، فأصدرت خرفشة وشخللة، انحنيت عليها والتقطتها، انفرطت في يدي فإذا هي كابوش من الذهب ملأ كبشتي عن آخرها، حلقان وأساور وأفرع وخواتم. هتفت من فرحتي: «رزق راوية. الحمد لله هذه هدية بعثها الله لها فهي أصبحت عروسًا يلزمها ذهب كثير كهذا». دستها في سيالتي

وعدت من فوري إلى البيت مسرورًا مغتبطًا، ناديت: «راوية، يا راوية، يا راوية».

لا بد أن صوتي خرق جدران المنام ووصل إلى العيال في وسط البيت حيث يقعدون. جدران المنام كانت سائبة لأنني سمعت أم صابر من خارج المنام تصيح:

ـ الحقي يا راوية أبولِكِ يناديكِ فشوفي ماله!

قبل أن تدخل راوية كنت قد انتفضت قاعدًا، أحطت دماغها بذراعي في فرح:

ـ البشرى يا راوية، سيجيئك عريس بشبكة كبيرة من الذهب.

الآن شفت في المنام أنني لقيت في الشارع كابوشًا من الذهب فقلت إنه رزق راوية.

تبسمت فرِحة، قالت:

ـ كنت تناديني لهذا؟

ـ كنت أناديكِ في المنام.

ولاحظت أن سحابة من الكدر عبرت وجهها واغتالت فرحتها، غمر الشحوب وجهها، كادت الدموع تطفر من عينيها.

ـ مالك يا راوية؟ كلميني بالحقيقة ولا تكذبي لأني عرفت وأريد أن أختبرِكِ.

ترددت قليلًا ثم ألقت بالعبارة دفعة واحدة:

ـ السلسلة بمصحفها ضاعت.

ـ منذ متى؟

ـ من حوالي ثلاثة أشهر.

ـ ضاعت في الدار أم منكِ؟

قالت إن آخر مرة لبستها آخر الصيف الفائت، وإنها جاءت تلبسها أول هذا الصيف فلم تجدها في الدولاب. سألتها كيف تتهم زوجة أخيها بسرقتها؟ قالت إنها لم تتهمها ولكنها هي التي تدافع عن نفسها كلما جاءت السيرة. طيبت خاطر راوية، وأدركت أن تفسير المنام يعني أنني مضطر الآن لشراء سلسلة جديدة لراوية بدلًا عن الضائعة. قلت لراوية:

ـ البسي هدومك وتعالي نشترِ غيرها.

وقمت لأتوضأ وأصلي العصر. ما إن لامس الماء وجهي حتى سمعت صرخة نشوانة:

ـ لقيتها! لقيتها!

وجاءت راوية تجري ممسكة بالسلسلة بمصحفها تلوح بها في وجوه أهل الدار:

ـ لقيتها في جيب هذا الفستان. آخر مرة لبسته في آخر الصيف الفائت ونسيت أنني وضعتها في جيبه قبلما أخلعه. والآن أحببت أن ألبسه لأذهب للصايغ مع أبي، وضعت يدي في جيبه فلقيتها.

ـ الحمد لله يا راوية. المال الحلال لا يروح. ربك أعفاني من غرامة كبيرة لم تكن على البال.

رجعت راوية لتقلع الفستان. استأنفت أنا الوضوء من جديد، لكن دمي سرعان ما تعكر، إذ لمحت زوجة ولدي قد انزوت في ركن قصي، واضعة يدها على خدها، وجهها محتقن محروق الدم، كالكبدة، والدموع تهطل من عينيها بغزارة.

قيراط يخصني

الحقل الذي رأيتني أقترب منه مذعورًا كان من الواضح لي أنه يخصني: قطعة أرض صغيرة تقترب من قيراط أو أكثر قليلًا، لا أعرف إن كنت ورثتها أم أنني اشتريتها من عرق جبيني، لكنني شبه متيقن من أن هذا القيراط ملكي منذ وعيت، وأنني في الأصل فلاح ابن فلاح أبًا عن جد. وهذا البرسيم النابت في هذه القطعة من الأرض أنا الذي زرعته بيدي وشقيت في ريه وتسبيخه والسهر عليه حتى خضَّر وبدأ يقف على حيله، طوله لا يزيد على طول الإصبع، لكنه باسم الله ما شاء الله، سوف ينمو في بحر أسبوع. فهل كنت أتعب وأشقى لكي يجيء هؤلاء النسوان كالحدآت ليدهسنه بأقدامهن؟! ماذا يُردن من برسيمي؟ بل ماذا يُردن أصلًا؟ عمن يبحثن هنا؟ لماذا هن هلعات هكذا فصرن كالقطط الهاربة من زلزال؟!

جريت نحوهن والشرر الأحمر يتطاير من عيني، وصوتي يزعق فيهن غاضبًا:

ـ أنتِ يا ست منك لها، البرسيم طفل صغير لم يكبر، ضَعن في قلوبكن شيئًا من الرحمة. ألا تعرفن أني تعبت فيه؟! لماذا

تدهسنه بأقدامكن التي تستأهل القطع هذه؟! حرام عليكن يا بهيمات يا قليلات العقل والدين.

صرت أطاردهن بعود من الحطب الجاف، فإذا بي ألمح أحمد ولد عمي مقبلًا يركب حماره ويتابعني بعينيه محاولًا معرفة السبب الذي أغضبني هكذا، وأخيرًا أوقف حماره ونزل يسألني:

ـ مالك يا أحمد؟

أشرت إلى النسوان اللائي رحن يتقصعن على شاطئ القناة ويملن برؤوسهن حتى تكاد تختلط بالطين، فيما تحفر أظافرهن في حشائش الأرض، فكأنهن يقلدن ـ وبحرفنة واضحة ـ فرقة الفنون الشعبية في رقصة من الرقصات التي يلبس فيها الراقصات أمثال هذه الملابس ويفعلن أمثال هذه الأفاعيل.

انعطفت أسلم على أحمد ولد عمي إلا إن الأرض اهتزت من تحت قدميَّ فأرعدتني، والتقطت عيناي حركة عنيفة لظل أسود يزحف متموجًا فوق بساط البرسيم الناعم. بإحساسي أدركت ما هو؛ إنه قرموط كبير يزن حوالي خمسة كيلوجرامات، له دماغ كبير وجسد نحيل، فهو إذن قرموط ذكر. جريت إليه في محاولة للانقضاض عليه، لكنه كان نشيطًا عفيًّا وفي حالة توتر قصوى، يتزفلط بمهارة فائقة، يدافع عن نفسه بحرابه المسنونة، ينفلت كلما حاصرته، ينط لأعلى يكاد يشلفط وجهي. فما كان من أحمد ولد عمي إلا أن ترصَّده حتى أطبقت على عنقه، فشيع له بونية في رأسه فشجته، بل هشمته، لدرجة أن القرموط فتح حنكه وعجز عن قفله، تجمدت حركته.

شعرت أنا بحزن شديد انقبض له قلبي، لقد كنت أُفضل الإمساك

به حيًّا راعشًا حتى يطيب أكله أو يسهل بيعه، أما على هذا النحو فبعد قليل يصير رمة. مع ذلك حملته فوضعته على الحمار قائلًا لأحمد ولد عمي أن يسرع به إلى داره ليطبخه في ظرف دقائق معدودة، وبالهناء والشفاء له ولأولاده.

وفيما كنت سائرًا خلفه سمعت صوت الأذان كأنه طالع من صدري، كأنني أؤذن ولكن بصوت رجل آخر يشبه الشيخ مصطفى إسماعيل أو عبد الباسط. خيل لي أنني أتلفَّت بحثًا عن صوته ـ صوت عبد الباسط الذي يجعلني أشرب الأذان كأنه سطل من عصير القصب. تلفَّت فإذا بي تقلبت على جنبي الأيسر، فانفتحت عيناي، فإذا بي راقد على سريري وصوت الشيخ عبد الباسط عبد الصمد يلعلع بالأذان في الراديو العتيق الموضوع على التسريحة، وكان من الواضح أنه أذان العصر.

قمت قاعدًا، شعرت بالضيق الشديد، فمنام العصر ومنام الفجر كلاهما بالنسبة لي برقية عاجلة عن شيء قد يكون آجلًا، لكنه حتمًا لا بد أن يقع. لم أسترِح لهذا المنام يا ابو العم. ولما جاءت أم صابر تصب الماء على يدي للوضوء لاحظتِ اكفهرار وجهي وانعقاد حاجبَي، فهتفت:

ـ يا ساتر يا رب، مالك يا ابو صابر؟!

ـ صدري مقبوض يا ولية؛ شفت منامًا سخيفًا رذلًا والعياذ بالله.

ـ خير بالصلاة على النبي؟

ـ شفت كذا وكذا وكذا.

ـ طب اسكت! مناماتك ترعشني وتنفضني في الأرض نفضًا. حرام

عليك يا رجل، أهذا منام تراه؟ ليتك لم تقُله! أنا الغلطانة! رب اقطعني! تاني مرة إياك أن تحكي لي منامًا، حتى لو كان مفرحًا. اكفهرت الولية هي الأخرى، اربدَّ وجهها؛ وما ذلك إلا لكونها تعرف زوجها معرفتها لمنام العصر ومنام الفجر، فلطالما انقرص قلبها منهما، إلا إن الولية مع ذلك ضحكت من نفسها ومني كما تفعل دائمًا، وجعلت تُطمئن بالي ــ وبالها أولًا ــ بكلام من شغل المطيباتية الذين اختلطنا بهم واختلطوا بنا بحكم الجيرة.

انتصف الأسبوع ولم يحدث أي مكروه، قلنا الحمد لله. المدهش حقًّا يا ابو العم أنني وأم صابر قلناها معًا في نفَس واحد في لحظة تأمل ذات عصرية خريفية كنا فيها نشرب الشاي معًا، وفي دماغينا تدور نفس الأفكار، في قلبينا تجري نفس المخاوف، بل ــ ويا للعجب ــ قلناها بنغمة واحدة، فيها شعور بالفجيعة، ليس شعور الشكر على أن الله قد نجانا من خطر كان متوقعًا خلال الأيام الماضية، بل شعور الناجي لتوِّه من كارثة. فكأننا بهذه النغمة الملتاعة من الشكر نعلن امتثالنا للكارثة التي حطت علينا وقدر الله فيها ولطف، وإن كنا لم نرَ الكارثة بعد رؤية العين.

وحق رسول الله يا ابو العم، أنا يا دوبك أخذت شفطة واحدة من كوب الشاي، إلا وموزع التلغراف يصفق على يديه أمام الباب صائحًا صيحته النكراء التي تخرم قلبي بمجرد نطقها: «تلغراف». حتى لو اتضح أنه للتهنئة بزواج أو نجاح أو عودة من أرض الحجاز، لا أحب هذا التلغراف أبدًا يا ابو العم، لا أريده، مع أنني يا ما أشطرني في الجري إلى مكتب التلغراف كلما جدت أمور تتطلب إعلام الأهل في الصعيد.

قرأ ولدي محمد ورقة التلغراف. قمت في الحال، ركبت إلى بر الجيزة، ومنها ركبت البيجو إلى أسيوط فكوم سعيد.

المصاب كان أحمد ولد عمي الذي شفته في المنام يضرب القرموط على رأسه بالبونية فيهشمه. ساعة وصولنا إلى البلد في ظهيرة اليوم التالي كانوا قد أخذوه إلى الغيط ـ حيث وقعت الواقعة ـ ليشرح للنيابة كيف وقعت. غيط البرسيم الذي شفته في الرؤيا شفته للمرة الثانية، لكنه ضمن ملكية أحمد ولد عمي. طائفة من النسوان متشحات بالسواد يتناثرن كالحدآت، يتمايلن في ذهول، وينكشن الأرض بأظافرهن يقطعن من الأرض جواليص الطين الأزرق يلغمطن به وجوههن ورؤوسهن، وقد تعبن من كثرة الصوات واللطم فاستبدلن به هذه الأفاعيل البشعة.

جريت نحوهن أصرخ فيهن بغضب شديد:

ـ يا نسوان يا كفرة، يا قليلات العقل والدين، ما هذا الذي تفعلن؟! ألا تجدن رجلًا يلمكن؟! تكفروننا عيانًا بيانًا؟! ألا حياء عندكن؟! ارجعن عن هذا الحرام، عُدن إلى بيوتكن.

وصرت أطاردهن، أو أهشهن بذراعي، فلما فطنت إلى وجوههن وتعرفت فيهن على نسوان بيت القاضي ـ بيتنا يعني ـ خطفت عصا من أحد المارة واستعملت حقي في التهويش اللاسع، فصرن يهرولن أمامي مبتعدات نائحات مهزولات.

«الأمر وما فيه يا سعادة البيه...». قال ولد عمي لرجل النيابة إنه استأجر وابور الحرث بالأمس من الجمعية الزراعية لحرث هذه القطعة وتقصيبها. ولده الطفل ذو السنوات الخمس وحيد ويعز

عليه، بكى في طلب الذهاب معه إلى الغيط، فأخذه، وبكى في طلب الركوب بجواره على وابور الحرث، فأركبه. ثم انشغل عنه لبرهة لا تزيد على طرفة عين وانتباهتها، والوابور يرتج ويتململ. ما درى إلا وولده قد سقط تحت الوابور فمرت عليه العجلات وهشمت رأسه.

صار البكاء المحتبس بداخلي يأكل في قلبي أكلًا فيما أحمل الطفل على ذراعي كقرموط صغير أعجف، ممسكًا بطرفَي عباءتي بأطراف أصابعي لتداريه في عبي، وبجواري ومن خلفي صفوف من رجال، نمشي منكسي الرؤوس في طريقنا إلى القرافة، يشيعنا بالصراخ سرب من النسوان يطرح فوقنا خيمة من الغبار المشبع بالهلع.

هاتف مرئي

أعجب العجب أن يرى الإنسان رؤيا وهو صاحٍ!

نعم، كنت قد شبعت نومًا في القيلولة وصحوت في صفار الشمس ما بين رواح العصر ومجيء المغرب. لبست ثيابي وطلعت إلى ميدان قايتباي ومزاجي عال العال، يظهر والله أعلم أن الرؤيا تأخرت، لم تلحق بي وأنا راقد، فلحقت بي على المقهى لتريني نفسها وأنا في عز صحوي.

ميدان قايتباي ــ الذي نسميه في حي قايتباي بـ«ميدان السوق»، مع أنه ليس كذلك ــ ميدان واسع وشِرح، حيث يقف مسجد قايتباي ــ المرسوم على الجنيه المصري ــ شامخًا بمئذنته العالية ومبناه الفخيم الممتد خلف الواجهة صاعدًا مع الدحديرة التي تأخذ في الارتفاع شيئًا فشيئًا من الميدان، ثم ما تلبث أن تتحدر ثانية لتبدو بوابة القبو الفاصل بين المقابر والمساكن ــ لمن يجلس على المقهى ــ كأنها غاطسة في الأرض مع أنها فوقها، ويبدو خلفها تل من التراب الساكن المدكوك، مما يجعل القبوة تبدو كأنها مفتوحة على شواشي جبل. لكن المنظر يكون طريفًا ومفاجئًا حين تظهر سيارة نقل سوزوكي،

وقد ارتفعت فوق قمة هذا التل، حتى لا يَبِين منها سوى عجلاتها، ثم إذا بها تنحدر خارجة من القبوة مثل كتكوت خرافي شق جدار بيضة خرافية وخرج.

القعدة في العصاري على رصيف مقهى إبراهيم الغول، الشهير بـ«أمريكا»، تساوي العمر كله. لا تقُل لي بحر الإسكندرية ولا رأس البر، لا ولا مارينا والساحل الشمالي وهذه المصايف الحديثة التي يؤمها تجار المخدرات وسماسرة الانفتاح الاقتصادي، ممن أصبحوا يسمون أنفسهم بـ«رجال الأعمال»، وكأننا جميعًا لسنا من الرجال ولا ممن يعملون! القعدة على رصيف مقهى إبراهيم الغول جنة، هواؤها يلطش: الرصيف عريض يتسع لسرادق، وطويل بطول الميدان، مرتفع فوق ارتفاع، والكراسي الخيزران مرصوصة في صفوف تتخللها ترابيزات وطقاطيق نحاسية منظرها يشف ويرف من كثرة اللمعان. الأرض مرشوشة، كشك ساندويتشات الكبدة على مقربة يبعث رائحة نفاذة. الشيشة أمامي تبعث الكركرة النشوانة، والمبسم بين شفتيَّ سالك سحاب. فنجان القهوة السادة أمامي على الطقطوقة النحاسية، ورائحة البن الطازج تنعش الخيشوم. سِنَّة الأفيون الخام تحت ضرسي تذوب في هوى رشفة القهوة. الميدان أمامي يتوسطه عمود في أعلاه فانوس يبدو أنه من عصر قايتباي نفسه. دوامة الريح الطيب اللطيف تغازل ورقة جرنان شاردة، تهدهدها فتئز بموسيقى راعشة.

ساقًا على ساق وضعتُ، صرت أتأمل في زخارف واجهة مبنى مسجد قايتباي وأضلاعه المهيبة ونوافذه التي تعكس ألوان الطيف،

فتذهب نفسي حسرات على أيامنا التي خلت من الرجال بكل أنواعهم، فلم يخرج من يدنا مثل هذا المبنى ولا حتى جدار واحد منه.

ولكن، ها هي ذي لحظة الروقان تبعث في صدري شيئًا غامضًا يشبه الزعل، فهل أنا فرِح أم حزين؟! في الواقع لست أدري. شيء ما، لعلها قدمي لمست الطقطوقة فاهتز فنجان القهوة وتدلدق البن على الطبق. تشاءمت، رحت أبحث في دماغي عن ذلك الشيء الذي يريد أن يسبب لي الزعل بغير مناسبة واضحة، ثم قلت لنفسي: «نحن دائمًا هكذا، لحظات فرحنا غير خالصة، مشروخة مشروخة، إن لم يكن في الأمر نكد فإن نفوسنا تستدعيه من الهواء الطاير في لحظات الفرح بالذات، كأننا نستكثر على أنفسنا لحظة روقان ولو عابرة».

لي ابن أخت اسمه مختار، ربيته على يدي، احتضنته هو وأخاه منذ ماتت أمهما وهما بعد طفلان صغيران. ما إن انتهى من واجب التجنيد حتى دربته على بيع الفانلات والكلسونات والجوارب يلف بها في الشوارع. كنت أقضي الليل بطوله أمثل أمامه كيف يفعل، كيف يطوي البضاعة على ذراعه اليسرى، كيف ينادي بثقة وبغير كسوف: «فانلات، كلسونات، شرابات. اتفرج يا بيه. شوف يا حاج. قطن. صوف المحلة...». حتى أصبح الولد بياعًا ماهرًا. أكرمني الله برجل مهم من مجلس الحي لا يأكل السمك إلا من عندي، سعى لنا في احتجاز نمرة باسم مختار في سوق الدراسة أمام مبنى الأمن المركزي وموقف الأتوبيسات، عبارة عن تقفيصة من الخشب مساحتها متران في مترين ونصف، يعرض الولد فيها بضاعته، يبيع لعساكر الأمن المركزي بدلات الفاقد من عهدة الفانلات والجوارب، يقلب عيشه

بشطارة ولكن بأمانة علمته إياها. زوجته كبرى بناتي سناء. أسكنته معي في البيت الذي اشتريته في حارة العجوز بستة آلاف جنيه، واقتسمته بيني وبين مختار وأخيه وأعدنا بناءه، ثم إن الله أكرمه بالخلفة والرواج.

لا أعرف ما الذي جعله يخطر على بالي في هذه القعدة الرايقة في هذه العصرية الناعمة كالقطيفة. ليته خطر على بالي كما يخطر دائمًا. إنما لا. فجأة رأيته مجندلًا أمام عيني في شارع صلاح سالم، نصفه على الرصيف ونصفه الآخر في قلب الشارع، غارقًا في دمه، كما لو أن سيارة صدمته ثم اختفت.

انسابت الصور أمام عيني، فرأيت ولدي صابر آتيًا وسط جمع كبير من الرجال لإبلاغي بالخبر وتعزيتي. لو كنت نائمًا لقلت إنها رؤيا شيطانية كابوسية مزعجة. إنما المصيبة أنني صاحٍ ومزاجي عال العال، وها هو مبسم الشيشة بين شفتيَّ، وفي حنكي طعم القهوة ممزوجًا بمرارة حميمة، والناس رائحة جائية أمام عيني. فما الذي جعل خاطرًا كهذا يتجسد في خيالي أمام عيني كأنه حقيقة ماثلة؟! أعوذ بالله من الشيطان الرجيم؛ هكذا قلت وأنا أمسك بفنجان القهوة بيد مرتعشة ولُب شارد.

وضعت فنجان القهوة ونظرت عن يميني في شارع السوق الذي يصب في ميدان قايتباي، فرأيت ـ فعلًا فعلًا ـ جمعًا كبيرًا من الرجال يقبل نحو الميدان برؤوس منكسة. قلت يا سابل الستر استر يا رب، وإذا بي بعد برهة أرى ولدي صابر في وسطهم.
سابت ركبي، يا للمصيبة، يا وقعتي السوداء المهببة بهاب الفرن.

امتدت يدي لتشق الهدوم، هممت بالصواب كالنسوان، لولا أنني حملقت في الرجال المقبلين فتبينت أنهم يحملون طفلًا ميتًا ملفوفًا بملاءة. ها هم يتجهون به نحو باب مسجد قايتباي، هم إذن جاءوا به للصلاة عليه في المسجد قبل دفنه.

شممت رائحة عرقي ففوجئت به مع أن الريح تلفحني من كل ناحية. رأيت ولدي صابر ينسلخ عن الرجال شيئًا فشيئًا ويقترب مني، فعرفت أنه لم يكن معهم. قلبي ينقبض كلما اقترب، والرعشة تنفضني نفضًا من منظره الذي كان مخضوضًا مرتبكًا.

ـ خير يا ولدي؟!

ـ الولد محمد ابن مختار.

ـ ما له؟!

ـ تشعبط في الزير الملآن بالماء فوقع فوقه.

ـ مات؟!

ـ انكسرت رجله.

بصقت في عبي. الحمد لله، قدر ولطف.

ـ تعالَ لتنقله معنا إلى مستشفى الحسين.

قمت مهرولًا في الشارع كالملتاث:

ـ وأمه؟! سناء؟! اتخضت؟!

ـ أمه ليست في الدار من حسن الحظ.

ـ أين راحت؟!

ـ راحت تملأ بستلة الماء من حنفية الصدقة في شارع صلاح سالم.

ـ تطخ هذا المشوار السخن لتملأ الماء؟!

ـ المياه مقطوعة من حي قايتباي كله من صبيحة ربنا.

حملت الولد على صدري وعدت أجري به والدار كلها تجري ورائي. لأجل النصيب أدركنا في الطريق سائق التاكسي سيد حمدون الذي يجالسني على المقهى. «مالك يا عم أحمد؟». قلت: «اطلع بنا على مستشفى الحسين يا سيد يا حمدون بسرعة ينوبك ثواب».

الله يستره سيد حمدون صعب عليه أن يلف من تحت كوبري الفردوس ويعود كل هذه المسافة حتى مستشفى الحسين، في حين أنه لو أكل هذه الوصلة القصيرة من تحت نفق الدراسة لصار في شارع الأزهر بعد خطوات. أكلها فعلًا ومشى في الممنوع بحرفنة. ألقى بنا أمام باب المستشفى وهو يستعوض ربه في المخالفة التي سيكعها.

دخلنا عنبر الاستقبال، كشفوا على الولد. بسيطة والحمد لله، رجله لم تنكسر إنما انجزعت قليلًا، وسوف تطيب وحدها بالدعك بمياه سخنة، وبعد يومين ثلاثة يستطيع أن يمشي عليها.

حملناه وخرجنا نشكر الله على رحمته بالولد، لنفاجأ على باب المستشفى بسيارة ملاكي تقف وينزل منها ثلاثة رجال يحملون امرأة مكسورة الساق في غيبوبة. سألنا: «ما خبرها؟». قال سائق السيارة الملاكي إنها كانت تعبر شارع صلاح سالم دون تروٍّ، وكانت السيارة آخذة سرعتها، فصدمتها رغم فرملة الخطر، لكن الحمد لله جاءت الصدمة في رجلها، كانت تحمل بستلة ملآنة بالماء وقعت فهشمت لي وجه سيارتي وكسرت زجاجها، وطارت فوق أكثر من سيارة أحدثت بها أكثر من إصابة. وأضاف وهو يحمل ساق المرأة المدلدلة، ويوسع بكتفه مكانًا في الباب:

ـ عوضي على الله في السيارة، لكنني عملت الواجب.

حملقت في المرأة المحمولة كالخرقة غائبة عن الوعي، فإذا بها ابنتي سناء. اشتعل حريق الفزع، امتلأت الدنيا بالجعير والصراخ والبكاء، أم صابر أخذت تلطم خديها وتصوت. قلت وأنا أعني ما أقول:

ـ احمدي الله يا أم صابر أن جيء بنا بسبب صغير لنرى بأنفسنا ما كان يهمنا أن نراه، وإلا بتنا بضع ليالٍ سود نسأل عن البنت قبل أن نعرف أين راحت.

قرموط في حجري

المصرف الذي شفت نفسي ماشيًا على شطه، عمري ما شفته من قبل. مع ذلك صرت أمشي بحذائه كأنني أعرف طريقي، رغم أن الهدف لم يكن ظاهرًا في دماغي، إلا إنني رحت أمشي والسلام.

ظهر لي من بعيد شبح واقف كخيال المآتة مادًّا ذراعيه إلى الأمام، لاحظت أنني أتجه إليه وقد وقر في ذهني لحظتها أنه هو الهدف المقصود من مسيري ها هنا الآن، رغم أنني لم أكن أعرف من هو، ولا ما الذي أطلبه منه. فجأة صرت واقفًا أمامه. يا بووووووي، معقول ما أرى؟ إنه ولدي صابر، ولكن ما هذا العبط يا ناس؟ أفي الدنيا التي ارتوت بالنيل من يفعل مثل هذا الفعل؟ ولدي صابر واقف في قلب المصرف والمياه الوسخة تصل إلى صابونتَي ركبتيه، وقد أمسك ببوصة السنارة ومد حبلها على البر! يا ميلة بختك يا أم صابر، هذا ولدك الكبير الذي فشخِته علينا من كثرة الدلع، والذي زوجناه قبل الأوان لعله يصير رجلًا محترمًا ينعدل دماغه وينتبه للشغل معي في السوق، ها هو ذا واقف يصطاد بالسنارة من البر! تعالي يا أم صابر شوفي ولدك الشملول يقف في قلب الماء ويرمي بالسنارة على

السكة! ماذا يظن أنه يصطاد؟! شفتي يا أم صابر هذه الوكسة؟ هذه ـ أقطع ذراعي ـ نتيجة ما سقيته من لبن الحمير، قلت لكِ يا أم صابر، لبن الحمير يتخن مخ العيال، يليسه بالغباوة، فقلتِ لي: «دعه يصبح حمارًا تخين المخ قوي البدن، ليعرف كيف يأخذ حقه في الحياة بالذراع». ها هو ذا قد نفع، أصبح باسم الله ما شاء الله، أحمر من حمير الدنيا كلها، لدرجة أنه يقف في قلب الماء ويرمي بالسنارة على البر ليصطاد.

ـ بتعمل إيه يا مجنون يا ابن المجنونة؟!

ما أتممت العبارة إلا ورأيت السنارة قد صارت معلقة في الهواء، يتدلى منها قرموط طوله ربع ذراع، يتلوى وينتفض بقوة وشراسة، يكاد يقطع حبل السنارة ويكسر البوصة. كان معلقًا على الشعرة، سِن السنارة المعقوف شابك في خيشومه وهو على وشك أن يفلت قافزًا إلى المصرف. قفزت أنا بسرعة تحت السنارة فاردًا حجري في اللحظة المناسبة، إذ فوجئت بالقرموط يسقط في حجري بالفعل كأنه يستنجد بي لكي يقفز من حجري إلى الماء، لكنني لممت حجري وربطته. طلعت أجري فرحًا مبسوطًا مندهشًا من هذه المعجزة الربانية. طبعًا يا ابا الحاج، هذه آية من الآيات البينات يريها الله لعباده الصالحين. هذا ما جعلت أصيح به وأنا ماشٍ بالقرموط في حجري، ولم يكن لولدي صابر ثمة من أثر.

لحظتئذٍ سمعت صوتًا شجيًا مؤثرًا يهتف: «الله أكبر! الله أكبر!». هتفت وراءه وقد اقشعر بدني: «الله أعظم والعزة لله». وعرفت أنه صوت الأذان، لكن لم أعرف من أين يأتي بالضبط؛ فلا مسجد حولي

ولا مصلى، كما أنه لا أثر لبلدة قريبة. هاتف جواني قال لي إن صوت الله يأتي من السماء في كل لحظة. ثم نوَّر المعنى في دماغي، فقلت: «أليس ما حدث الآن هو صوت الله؟». ولكن بما أنني سمعت صوت الأذان فقد وجبت الصلاة في الحال. تساءلت: «هل أنا متوضئ يا ترى أم انفك وضوئي؟». أنا لست متذكرًا، وما دمت لست متذكرًا فقد وجب الوضوء. ناديت على صابر ولدي ليأخذ قرموطه في حجره حتى أتوضأ، فلم أجده طبعًا. ناديت بصوت أعلى، أين تُراه اختفى ابن المجنونة؟! اغتظت، ناديت بغضب: «يا صابر، يا صابر، يا صابر».

ـ أيوه يا ابا أنا اهه عايز إيه؟!

وشعرت بمن يهزني من رأسي، ففزعت. قمت قاعدًا، ريقي ناشف، قلبي يدق في صدري، صوت الأذان لا يزال يدوي قادمًا من مئذنة مسجد قايتباي. فطنت إلى أنه أذان العصر، فطنت إلى وجود ولدي صابر، فطنت إلى شيء آخر يتعلق به، فاستراح قلبي وابتسمت. فيما كانت أم صابر تصب الماء من الإبريق على يدي لأتوضأ، استمهلتها كيما أشمر ذراعي، ثم سألتها:

ـ امرأة صابر حبلى يا أم صابر؟!

تكرمش الوشم الأخضر فوق ذقنها، صبت على وجهي بسمتها المنورة، قالت:

ـ إيش عرَّفك يا راجل يا أروب؟!

قلت:

ـ إنني أسأل فحسب!

قالت:

ـ في شهرها الثالث. بسلامتها مستعجلة على الحبَل، تريد أن تتأبد في رقبة الولد.

أم صابر لا تريد أن تهمد يا ابا الحاج، كنت أحب أن أزف لها البشرى لكنها زعلتني، إذ تأكد لي لحظتها أنها هي التي تقسي قلب ولدها على زوجته بنت أختي، مع أن البنت غلبانة منكسرة، تخدمنا جميعًا خدمة العبد للسيد، ولا أفهم لماذا يقسو عليها الولد المجنون ويتركها تنام وحدها في السرير، ويشخط فيها ويضربها كأنه يضرب كلبًا.

تمسكت بهدوء أعصابي وقلت لأم صابر:

ـ بإذن الله يا أم صابر ولدك سيخلف ولدًا، هذه هي الرؤيا التي شفتها من عشر دقايق، وأنتِ تعرفين أن الرؤيا التي أراها في نومة العصر أو نومة الفجر لا تخيب.

انبسط الوشم على ذقنها:

ـ على كل حال يا ابو صابر اللي يجيبه ربنا كله حلو.

صدقت الرؤيا فعلًا يا ابا الحاج، البنت جابت ولدًا مثل القمر، سميته صلاح. أصبح هو سلواي في الدنيا. أبوه لم يفرح به، لم يغير معاملته لزوجه. وأنا كاتم في قلبي وساكت، أرى البنت صدئة على الدوام، نسوان الدار كلهن يستحممن باستمرار ويتزوقن إلا هي، تنام بنفس الجلباب الذي تكنس به الدار وتغسل المواعين، قلت: «طبعًا لأن الولد يكسر نفسها». ثم إنني تركت الأمر على جناب الله وقلت لعل صلاح إذا كبر قليلًا يتعلق به أبوه ويحبه. على أن صلاح كبر وتعلم المشي وأصبح نوارة الدار كلها، يملأها صياحًا وزأططة،

تعلم من أولاد بناتي كيف ينتظرني على باب الحارة ليصيح مثلهم: «جدو جه! جدو جه!»، ويمد يده ليأخذ مصروفه اليومي مني فأعطيه ـ مثلهم ـ البريزة الفضية وأنا في غاية النشوة، لأن الولد كان يشبهني الخالق الناطق ولكن على بشرة بيضاء حلوة التقاطيع.

طوال فترة نمو صلاح لم أرَ أباه في يوم من الأيام يعطيه قرشًا واحدًا، أو يحمله أو يقبله، فيتقطع قلبي؛ أحاول أن أكون الأب الحقيقي له. قدرت أنه تيتم، وحتى الولد نفسه نسي أباه ولم يعُد يقترب منه أو يعبأ به.

الغلطة في الأصل غلطتي يا ابا الحاج، زوَّجته وهو صبي بالغ لتوِّه، اخترت له رسمية بنت أختي صفية، وكانت فوق العاشرة من عمرها بعامين يوم جئنا بها من الصعيد عروسًا في ليلة الزفاف. عام واحد يا ابا الحاج عاشه ولدي في حضن زوجه بسر هادئ، بعده انقلب ميزانه وبتنا في وجع دماغ كل يوم بسبب خناقاته معها إلى حد ضربها بالشلوت والبونية. هي في النهاية بنت أختي ولا أقبل عليها هذه البهدلة من زوجها حتى ولو كان ابني. أحاول معرفة سبب الخناقة؛ هو يقول سببًا، وهي تقول سببًا آخر، وأم صابر تقول سببًا ثالثًا، وبناتي المتزوجات معي في الدار يقلن أسبابًا، وكلها أسباب خايبة ولا تؤدي إلى مثل هذه التطورات.

البنت آخر ما زهقت قدرت أنها غير متزوجة؛ قالتها بصريح العبارة: «أنا أعيش في بيت خالي لأخدمه». فعلًا يا ابا الحاج، هي التي نظفت لنا الدار وريحت أم صابر وريحتني وريحت الثور الذي يضربها بقسوة.

١٧٥

فوجئت ذات عصرية نكدة أن الولد يريد الزواج، يطلب مني أن أذهب معه لأخطب له بنتًا اختارها. ركبني الهياج، ضربته فغار من وجهي. تحريت عن هذه البنت، علمت أنها سنكوحة لا أصل لها ولا فصل. بعثت لها مَن هددها بالحرق إن لم تبتعد عن ولدي وتتركه في حاله، كما هددت الولد بالقتل إن لم يحترم نفسه ويحترم شيبتي واسمي في السوق. بالفعل همد شهورًا، ثم فاجأني مرة ثانية ببنت جديدة يصمم على خطبتها. ضربته، بطحته، قال إنه سوف يطفش ولن يريني وجهه مدى الحياة. تذكرت حكاية عمي دردير الذي طفش وترك الحسرة في قلب جدي حتى أصيب بالعمى والكساح. لكنني طرمخت، فانقطع الولد عن العمل ورحت السوق وحدي جمعة كاملة، وهو لا يظهر في الدار. أخيرًا أتى بعمه حسين من البلد، ودياب ابن خالتي وزوج عمته في نفس الوقت، والمعلم الذي نتسوق منه في سوق غمرة. قالوا: «إن كبر ابنك خاويه». قلت: «حصل». قالوا: «الولد كاره لزوجه ولن يعيش معها تحت سقف واحد، وهو مستعد لإبقائها على ذمته ويتزوج من غيرها، وهذا من حقه ما دام يقدر على النفقة». ورغم أن رسمية بنت أختي وافقت، فإنني تزربنت وركبتني العفاريت، ولم أقبل هذا الوضع على بنت أختي حتى لو وافقت هي، فذنبها في رقبتي إلى يوم الدين.

انفردت بالولد في قعدة رواقة لأعرف السبب الأصلي. الولد ابن الكلب لا يشرب شيئًا يقربني منه، حتى تمنيت أن أراه ذات يوم يحشش أو يسكر أو حتى يدخن سيجارة، ولكن دون جدوى. لبن الحمير تخَّن مخه وإحساسه. مع ذلك سايسته، صار يلف ويدور

ويبرطم بكلام غير مفهوم، وأنا أشجعه على التصريح بكل ما في نفسه، فإذا به لا يترك نقيصة ولا سيئة إلا ورماها بها، ثم لخص كل ذلك في عبارة شاملة: «لا تفهم معنى الزواج». ثم قال:

ـ أنا لم أشعر أني متزوج أبدًا، أنا لم أتزوج.

ـ لم تتزوج كيف يا ابو العم؟ فمن يكون أب ولدك؟!

ـ أنا طبعًا، ولكن يعلم الله كيف رميت بذرته.

ـ وضح كلامك يا ولدي.

ـ إنها تنام معي وهي نائمة. أقصد عند... ساعة أن... يعني بالمفتشر عمري ما حضنتها وهي صاحية.

ربك والحق صعب عليَّ الولد، هي أيضًا صعبت عليَّ؛ إنها طفلة وهو طفل أيضًا، إلا إنه في السوق ويسمع كلام الرجال عن هذه العملية فيعرف ويتعلم، أما هي فلا. قل إنني تأكدت من حرقة ولدي، عذرته، عذرتها هي الأخرى، لكنني لم أعذر نفسي. مرت شهور طويلة وأنا متمسك بالرفض، لكن الأيام كانت كجهنم الحمراء يا ابا الحاج. الدار كلها مع الولد، حتى عمه وزوج عمته الكبرى، كلهم لا يجدون مفرًّا من مطاوعة الولد على الزواج ثانية، فلربما انصلح حاله. لم يعُد الولد يترك لي كلمة إلا ردها عليَّ، فأنا نفسي ـ كما قال ـ تزوجت على أمه في يوم من الأيام، صحيح أنني طلقتها لصالح أم العيال إلا إنني تزوجت والسلام.

غصبًا عن بوزي مشيت معه إلى دار من اختارها، فإذا هي فتاة جميلة حقًّا يا ابا الحاج، تشبه المغنية فايزة أحمد، أبوها موظف غلبان عنده زربة عيال معظمهم بنات نصف متعلمات، يسكن وعياله

في قبو في أعماق عشش منشية ناصر، وحالتهم المعيشية على الحركرك. البنت جميلة ما قلنا فيها شيئًا، ولكن هل عرفتها جيدًا يا ولدي؟ اتضح أنه يعرفها من زمان، كانت تزوره على فرشنا في السوق، وأنا كالجردل غير دارٍ بشيء.

خطبناها يا ابا الحاج. أم صابر بنت الفرطوس أعطت لولدها كل ما حوشته من ورائي، أخواته البنات ساعدنه، أنا الآخر فتحت خزنتي وسلمته بضعة آلاف من لحم الحي. رتبت لرسمية حياتها وحدها في شقتها لا يقربها أحد، ورتبت له شقة كانت مبنية في الطابق الثالث فشطَّبتها بسرعة ليدخل فيها. غير أن ولد الفرطوس ذهب من ورائي فاستأجر شقة في عمارة جديدة في منشية ناصر دفع فيها الشيء الفلاني، وبمعرفة حماته ـ أصلها من نواحي المنصورة ـ اشترى العفش من دمياط من تاجر يمت لزوجها بِصلة قربى. رغم حزني وتحسري فرحت بمنظر الشقة؛ إنها فشر شقة أي وكيل وزارة: حاجة اسمها الأنتريه في المدخل، حاجة اسمها السفرة والنيش، حاجة اسمها الصالون، غرفة نوم كالتي نراها في إعلانات التلفزيون، ثلاجة وتلفزيون ملون ومسجل كبير، آخر نظاكة. من أين أتى بكل هذه الأموال إن لم يكن يسمسر من ورائي؟ العلم عند الله. على كل حال فالولد شاطر؛ بمجرد ما ننتهي من السبوبة على فرش السمك يتكل على الله إلى سوق الخضار في روض الفرج يتسوق عربة أوطة، عربة بصل، عربة أي شيء، ويعود ليبيعها بالقفص في سوق منشية ناصر، فيُرزق من ورائها بمعرفة ومساعدة عيال عمته فراودة السوق. أولاد أختي صفية ـ إخوة رسمية ـ يشتغلون معنا في نفس السوق

ولكن في الخضار، هم في الأصل لا يقبلون صابر ولا صابر يقبلهم؛ أصلهم طالعين فيها حبتين، أما صابر فمخه تغذى جيدًا من لبن الحمير. العيال ـ معهم حق يا ابا الحاج ـ حين علموا بما حصل جاءوا إلى دارنا وتوددوا مع أختهم، وعندما صحونا في اليوم التالي لم نجدها، عرفنا أنها لمت هدومها ومصاغها وهربت إلى الصعيد بصحبة واحد من إخوتها. قلنا: «بركة يا جامع، يا دار ما دخلك شر». أخذت بعضي وسافرت إليها لأصالحها، امتنعت أختي صفية عن الكلام في الموضوع من أساسه، صممت على الطلاق. راضيتها بكل ما أستطيع، وكما دخلنا بالمعروف خرجنا بالمعروف. الغريب أنه لا البنت ولا أمها جابت سيرة الولد صلاح، فلما تكلمت أنا في الموضوع قالت أختي صفية إن البنت باعت من باعها ولا تريد أثرًا يفكرها به، حتى ولو كان ابنَها من دمها ولحمها. دفعت لها كل مستحقاتها المالية التي قررها إخوتها، سلمتها عفشها بالقائمة قطعة قطعة. كل ذلك وولد الفرطوس لاءٍ مع خطيبته لا شأن له بأي شيء مما يدور.

أصر على إقامة عُرس كبير في ليلة الدخلة، أقمنا السرادق في ميدان السوق بحي قايتباي، الدار كلها ذهبت إلى دار العروس، فلما انتهت الزفة وجلس العريس بجوار عروسه في الكوشة كان ابنه صلاح ذو الأربعة الأعوام يقف في مواجهته بين الأقدام ينظر إلى العروسين في بلاهة وذهول ولا يفهم شيئًا بالطبع. حين وقع بصري عليه رأيته ـ التعيس ـ يرقص على نغم المزمار ويصفق بيديه مع الحريم. حبست دموعي يا ابا الحاج وانحنيت لأحمله، صار يصرخ ويفلفص ويضرب الأرض بقدميه، وأم صابر تقول لي: «دعه يشارك

أباه فرحته يا رجل ولا تكن جامد القلب!». شفت بنت الفرطوس! الولد لم يسكت إلا بعد أن حزمته بشال عمامتي واستأنف الرقص مع الراقصات، والجميع ينظر للولد في إعجاب وحب إلا أباه. تعب الولد فنام في مطرحه. حملته، لممت عيالي وقفلنا عائدين إلى دارنا في حارة العجوز بحي قايتباي.

عربة كارو يشدها حمار تكفلت بحملنا جميعًا. البرد القارس يلسعنا. نيمت الولد في حجري، لممته عليه. صوت المؤذن على مئذنة مسجد قايتباي يؤذن لصلاة الفجر، والولد يتلعبط في حجري كالقرموط بفعل قلقلة العربة، وكان يبدو عليَّ كأنني خائف أن يقفز الولد من حجري إلى بِرَك المجاري الضاربة في الشارع، غير أنني كنت موقنًا أنه أصبح مكتوبًا على حجري كالمكتوب على الجبين لا بد أن تراه العين مهما طال الزمن.

زغرودة للشهادتين

المكان مقفر، أشبه بشارع في مدينة مهجورة أو لعلها بلدة من بلاد الصعيد العتيقة أيام كان الناس قلة قليلة. يظهر أن الأمر هكذا. هناك خمسة رجال صعايدة يتربعون على مصطبة أمام دار عتيقة مبنية بالطوب الأحمر الكالح، نظرت إليهم من بعيد، خيل لي أنني أعرفهم بالشبه، وإن كنت لا أذكر أسماءهم ولا أسماء عائلاتهم. لم أحاول التأكد من ذلك، لسبب بسيط هو أنني كنت أجري بالمشوار واضعًا ذيل جلبابي في أسناني، قلبي ينشال وينحط يُحدِث في صدري زلزلة شديدة؛ ذلك أن رجلًا عملاقًا يُفصل من أمثالي عشرة رجال على الأقل، كان يجري ورائي ممسكًا بسكين كبيرة يريد أن يذبحني بها، ولا يني يصيح كلما أوشك على اللحاق بي:

ـ لن أعتقك، لن تفلت من يدي، قلت سأذبحك يعني سأذبحك!

ولم أكن أعرف لماذا يريد هذا الرجل أن يذبحني. المصيبة أن رجالًا آخرين ظهروا وراءه مهرولين، كان من الواضح أنهم من أتباعه ومشجعيه، وقد راحوا يحفزونه بصيحات التشجيع من قبيل: «إياك أن يفلت منك»، «شنكله»، «خلِّ بالك»، «هذه فرصة

لا تعوض»، إلخ. حاولت استرجاع كل الذنوب التي ارتكبتها في حياتي وأستحق عليها الذبح، فوجدتها كلها لا تستأهل أكثر من علقة بالفلقة على قدميَّ يوم القيامة في موقع وسط بين جهنم والجنة. كذلك حاولت معرفة أي شيء عن هذا الرجل الدرفيل ومن يكون هو وأتباعه، فلم أستطع أن أتذكر أنني رأيت أحدًا منهم قبل الآن في أي مكان. فكرت في استرحامه ليعطيني فرصة ولو قصيرة للتفاهم، على أساس أن الله سبحانه وتعالى يحاسب الناس قبل أن يعاقبهم أو يكافئهم، لكن صفحة الشر على وجه الرجل كانت سوداء، قافلة الملامح، لا أمل في استرضائها قَطُّ، فلم أجد مفرًّا من الإسراع في الجري.

فجأة ظهر لي أن الشارع الذي فيه أجري مسدود بجدار مرتفع سميك كالقِدر، لا يمكن اختراقه أو تسلقه، إلا إن الشارع كان في غاية من الاتساع وكرم المساحة، فخادعت العملاق بأنني قد تعبت وعلى وشك الوقوع؛ انحنيت كاسرًا ظهري، وفي نفس اللحظة كنت قد استدرت بسرعة البرق منحرفًا نحو اليمين في اتساع الشارع عائدًا أجري إلى حيث لا أدري.

ارتد العملاق ورائي ناظرًا بغيظ لأتباعه الذين فشلوا في ملاقاتي وصدي، كانت خطواتي أسرع من حصان السباق، ما إن اقتربت من الصعايدة المتربعين على المصطبة أمام الدار العتيقة، حتى شعرت فجأة بأني غير قادر على الجري. شعرت كأن قلبي قد وقف، كأن الكهرباء انسحبت من عروقي فانطفأت كل القوى في جسدي، فوقفت في مكاني مستسلمًا لقضاء الله.

لحق بي العملاق، أمسكني من خناقي، طرحني على الأرض فوق ظهري، داس بركبته فوق صدري، تمامًا كما أرى في برنامج مصارعة المحترفين في التلفزيون التي يقال إنها تمثيل في تمثيل. لبرهة سريعة خيل لي أنني ربما أكون قد تحديت هذا الرجل بشكل من الأشكال لست أتذكره ـ كما يقال في المصارعة ـ فصمم على قطع رقبتي لعبًا فحسب، وسوف يتركني بمجرد استسلامي.

إلا إنه تلقف من أحد أتباعه فرخ ورق سميكًا من ورق اللحمة، لف به رقبتي، ثم أخذ يحك شفرة السكين في الأرض ليشحذ نصلها بجعله أكثر مضاء، عندئذٍ ترجيته صارخًا:

ـ إن الله مع الصابرين، انتظر قليلًا حتى أتشهد على روحي، لا أطلب منك أكثر من هذا.

هتف من بين أسنانه:

ـ هيا تشهَّد كما يحلو لك، بسرعة.

ـ أشهد أن لا إله إلا الله وأن محمدًا رسول الله. الموت علينا حق. مد السكين ليجز رقبتي. انتفض الصعايدة القاعدون على المصطبة، صاح صائح منهم:

ـ عندك! ارفع السكين! إياك أن تذبحه! ألست تعرفه؟ إنه شاكر، نعم، إنه هو شاكر غير أنه متنكر.

رفع العملاق حد السكين عن رقبتي، ثم رفع ركبته عن صدري. مع ذلك ظللت ممدَّدًا في رقدتي؛ بطني تعلو وتهبط، وفي حلقي غرغرة. كل ما استطعت فعله أن رفعت ذراعي هاتفًا من خلال الغرغرة:

ـ ماء! الحقوني بشربة ماء! أريد أن أشرب، أشـ...

ـ بسم الله الرحمن الرحيم. خذ، اعدل نفسك لتشرب، امسك الكوب.

اليد التي رفعتني كانت رحيمة بقدر ما كانت مألوفة لكتفي، تمامًا كالصوت الذي سمعته. فتحت عيني، كانت أم صابر قد رفعت رأسي عن المخدة وأجلستني، ووقفت أمامي ممسكة بكوب ملآن بماء مثلج. رفعته ودلقت نصفه في حلقي حتى ارتويت، فبدأت أسترد أنفاسي وأعرف حقيقة ما كنت فيه منذ برهة، أخذت أستعيذ بالله من الشيطان الرجيم وأمسح عرقي المتصبب على وجهي ورقبتي.

لاحظت أن أم صابر تكتم ابتسامة متمردة، رفعت رأسي لأسألها بغيظ عما يدعوها للابتسام وأنا في مثل هذه الحالة، إلا إن صوت الخروف المربوط في دهاليز الدار صار يجأر بصوته العريض المبحوح: ماااااااء.. مااااااااء. هنا انفجرت أم صابر ضاحكة بعمق انزرد منه وجهها واحتبست فيه الدماء. كدت أضحك أنا الآخر لضحكها، لكنني ضبطت وجهي على التكشيرة الغليظة وشخطت فيها:

ـ مالك يا ولية؟ فشتك عائمة!

وصاح الخروف كأنه يدافع عنها:

ـ ماااااااء! ماااااااء!

حاولت أم صابر أن تتمالك نفسها لتوقف الضحك قائلة بصوت متقطع:

ـ كنت ـ عدم المؤاخذة ـ ترد على الخروف، والخروف يرد عليك. أنت تقول: ميه. والخروف يقول: ماء. العيال كلهم يضحكون

في وسط الدار، فكرنا أنك والخروف تمزحان معًا. ولولا أنك قلت: أشرب. ما كنت جئتك بالماء.

ضحكت رغمًا عني، بل تفوقت عليها في الضحك. تذكرت لحظتها أن غدًا هو عيد الأضحى، حيث نقطم رقبة هذا الخروف المزعج ونوزع ثلاثة أرباعه على أهل الله.

حينما قمت لأصلي العصر جماعة في جامع قايتباي هتف بي هاتف أنني يجب أن أحذر هذا المنام المفزع، بأن أدعو الله عند الصلاة بأن يفوته على خير وأن يجعل يوم العيد يمر في سلام.

في صبيحة اليوم التالي، يوم العيد، ظهر الصبح جميلًا، شكله يشبه شكل السماء الصافية. لم يكن يعكر مزاجي سوى شيء واحد فقط؛ ذلك هو أن الجزار الذي بيتُّ عليه بالأمس لكي يجيء اليوم ليذبح لنا الخروف، قد تأخر، ولا بد أنه سيضعنا في نهاية مشواره، وأنا أحب أن يتم الذبح في موعده المعتاد. ارتفع العكار في مزاجي حين تبين لي أنني أخطأت بالاتفاق مع هذا الجزار اللكع. لكن الله شاء أن يروق مزاجي، إذ تناهى إلى أسماعنا صوت ينادي في حارة العجوز:

ـ جزااااار.. جزاااااااار!

قلت للعيال:

ـ جزار يا ولاد، نادوا عليه بسرعة.

قالت أم صابر:

ـ جزار سريح لا نعرفه.

ـ سريح سريح، هل سنناسبه؟!

طلع ولدي صابر جريًا إلى الحارة فأتى به.

كان رجلًا سمح الوجه بشوشًا، في حوالي الثلاثين من عمره، طويلًا كالنخلة، قويًا كالجمل، يحمل عدة الذبح في لفة من قماش نظيف.

«سلام عليكم». «عليكم السلام». «كل عام وأنتم بخير». وكشف سكاكينه وراح يسنها بحرفنة واضحة. وحين رأيت السكين الكبيرة في يده خيل لي أنني رأيتها من قبل، هي بعينها، بنفس هذا الشكل، نفس المقبض الملفوف بخيوط من صوف الغنم.

ولدي صابر وولد أختي مختار وأخوه عزت أمسكوا بأرجل الخروف وقيدوه بإحكام. تقدم الجزار الطويل القوي، أمسك بلغد الخروف ومد السكين ليذبح.

في الحال ـ لا أدري لِمَ ـ وقفت صارخًا فيه بعصبية:

ـ عندك! ارفع السكين!

يد الجزار تجمدت في الهواء، اصفر لونه وأصابه الذهول. الولاد أيضًا تجمدوا، حملقوا في وجهي بكثير من الدهشة والاسترابة، لمع التوجس في عيونهم. بخجل وارتباك قال الجزار:

ـ فيه إيه يا ابا الحاج؟!

قلت كأنني أوبخه:

ـ يجب أن تتشهد قبل أن تذبحه، يعني تقول أشهد أن لا إله إلا الله وأن محمدًا رسول الله.

تبسم الجزار وشملني بنظرة عطوفة وساخرة، بكل أدب قال:

ـ كيف تصورت يا ابا الحاج أنني لم أتشهد؟! هل من الضروري أن أرفع صوتي؟! إن الله يسمعني حتى لو نطقتها في سري، هذه شغلتي ولا بد أن أتشهد قبل أن أذبح.

قلت له في تأنيب وتحدٍّ:

ـ لكنك لم تتشهد.

هتف الرجل في حرج شديد:

ـ تشهدت والله يا ابا الحاج. أنت لن تعلمني شغلانتي من غير مؤاخذة.

اغتظت منه، لكن ولدي صابر قال لي بانفعال واحتجاج:

ـ تشهَّد فعلًا يا بوي.

وقال كل من مختار وعزت:

ـ تشهَّد يا خال قبل أن يمد يده، سمعناه.

قلت وقد باخ انفعالي:

ـ عدم المؤاخذة يا ولدي، لم أسمعك.

اتسعت ابتسامة الجزار، تبادل نظرة مرحة مع الولاد، ثم أومأ نحوي برأسه في حركة امتثال:

ـ أتشهد مرة أخرى يا ابا الحاج، لن نخسر شيئًا. بالعكس، الشهادة مكسب كبير.

كنت قد اقتربت منه ورحت أطبطب على كتفه تطييبًا لخاطره، أما هو فقد رفع صوته بقدر ما يستطيع:

ـ أشهد أن لا إله إلا الله وأن محمدًا رسول الله.

وفيما كان حد السكين يغوص في رقبة الخروف، راح مختار ولد أختي يفرد فرخ ورق سميكًا ـ من ورق اللحمة الذي اشتريناه لنلف فيه الأنصبة ـ فوق رقبة الخروف ليمنع نافورة الدم من الوصول إلى وجوهنا. أما أنا فقد ثبتُّ عيني على رسغ اليد اليسرى للجزار وهو

يعيد ترديد الشهادتين عدة مرات ليريحني ويرضيني، فرأيت رسمًا دقيقًا للصليب باللون الأخضر الغامق مدقوقًا في رسغ الجزار؛ حينئذٍ داخَلني شعور فائق بنشوة عظيمة لا أستطيع وصفها على الإطلاق، وقد امتلأ سمعي بما يشبه زغاريد مدوية تجلجل في سماء الكون بغير انقطاع.

دستة كراسي خيزران

أظنه كان ليلًا أو ما يشبه الليل، وأنا قاعد على الكنبة أدخن الشيشة. كانت ابنتي سناء، التي بدت لي طفلة ممطوطة القوام، هي التي وضعت أمامي كوب الشاي. صوتها الطفولي لا يزال يرن في أذني بكلمة: «الشاي يا ابا». الغريب أنني تذكرت في الحال أن ابنتي سناء كبيرة ومتزوجة من ولد أختي مختار، ولديها منه عرسان وعرايس على وش زواج. الأكثر غرابة أن ذلك لم يدهشني، قلت لعلها بنت سناء هي التي أتت بالشاي قبل برهة. رشفت منه رشفتين، استطعمته، قلت لنفسي إن هذه الشمخة الحريفة في طبخ الشاي لا تخرج إلا من يد سناء نفسها. تأهبت لكي أناديها لأسألها إن كانت هي التي عملت الشاي أم ابنتها؛ فإن كانت ابنتها فسأفرح وأعطيها نصف ريال تتشبرق به. ما كدت أفتح فمي إلا وأم صابر داخلة، وكان من الواضح أنها آتية من باب الشارع. قبل أن أسألها أين كانت رأيتها تقول لي:

ـ جرجس يسأل عنك وينتظرك في الشارع.

جرجس؟! جرجس من يا ترى ذاك الذي ينتظرني أمام باب الدار؟! وكيف تتركه أم صابر دون أن تقول: تفضل وادخل؟! الواضح من

نطقها لاسم جرجس أنها تعرفه معرفة جيدة بدليل قولها جرجس وكفى، على اعتبار أنني أعرفه أنا الآخر وكأنني لا أعرف إلا جرجس واحدًا فقط يغنيني اسمه عن لقبه. عندئذٍ رأيتني أهتف قائلًا: آااه.. جرجس. وتذكرت بلدتنا كوم سعيد مركز صدفا محافظة أسيوط، كان جرجس هو القبطي الوحيد في بلدتنا، وعلى مبعدة ربع ساعة بالحمار توجد بلدة أبو حجر وكلها أقباط في أقباط. كل قبطي في الصعيد كله آنذاك لا بد له من بدوي يفرض عليه حمايته نظير إتاوة يأخذها منه بانتظام، يكفي أن يشاع في البلدان المجاورة أن هذا القبطي أو ذاك بَدويه فلان الفلاني، لكي يحترمه المسلمون فيكفوا أذاهم عنه، لا يفكر أحد من الأشقياء ـ وما أكثرهم ـ في خطفه أو سرقة بهائمه. كان أبي هو البدوي الخاص بجرجس كوم سعيد هذا، وأبي آنذاك خفير لإحدى ماكينات المياه، له في البلاد هيبة مستمدة من هيبة أعمامي الذين كانوا من الأزهريين الفقهاء. ولم يكن جرجس ليبخل علينا بأي شيء، في المقابل لم يكن أبي يُقصر في حمايته.

أذكر وأنا طفل أن جرجس كان ماشيًا في البلدة ذات يوم ممسكًا بيده خشتًا، والخشت عبارة عن سيخ من الحديد، يهذبه الحداد فيجعل له طرفًا مدببًا كالمذراة أو شوكة الأكل، أما الطرف الآخر فمجوف تبيت فيه عصا صلبة غليظة، يعني يشبه الحربة ولكن بشعبتين، ينشن به الشقي على جسد الضحية من بعيد ثم يقذفه بأقصى ما فيه من قوة، فينطلق في الهواء كالسهم، كالرصاصة، ينغرز في الجسد فيقضي عليه في الحال. مثل هذا الخشت لا يحمله ويمشي عيانًا بيانًا سوى أشقى الأشقياء الفاجرين، أما أن يحمله قبطي مسالم كجرجس، فإن هذا

هو العجب العجاب. وذلك ما قد استعجب منه شقي يدعى «سالم أبو حسين» حينما رآه في يد جرجس، فبكل هدوء اقترب منه قائلًا:

ـ قبطي يحمل خشتًا ويمشي به في عز النهار؟! أنا يا شقي لا أجرؤ على حمله قبل منتصف الليل!

ثم نزعه من يده ومشى. اشتكى جرجس لأبي، فطقطق الغضب عظامه وألهب وجهه، وقف في صحن المسجد الجامع بعد انتهاء صلاة الجمعة، صاح بأعلى صوته في المصلين، حكى لهم الحكاية ثم ختمها قائلًا:

ـ امرأتي طالق بالثلاثة إن جرؤ سالم أبو حسين على الخروج من داره بعد اليوم إذا لم يرسل لي الخشت فورًا.

لبس المصلون الخبر في أحذيتهم ومشوا به، فما جاء أذان العصر إلا والخشت في دارنا.

مرت هذه الحكاية بذهني مرورًا سريعًا جدًّا، فقلت لأم صابر في غيظ:

ـ كيف يا ولية تتركين جرجس في الشارع؟!

قالت في ارتباك وحرج:

ـ معه ناس كثار!

في الحال لبست هدومي، جريت، كان الباب مفتوحًا، نظرت في الحارة، فإذا بحارة العجوز ملآنة بالخلق يحتاطون بجرجس الذي كان جالسًا وسطهم ووجهه كالفطيرة السخنة يَبُك منه الدم. سلمت عليه بحرارة، قلت له: «عن إذنك». جريت إلى دكانة صغيرة على ناصية حارة العجوز، قلت للولية الواقفة فيها:

ـ هاتِ عشر زجاجات حاجة ساقعة.

أتت الولية بزجاجات فارغة، أمسكت بالكوز، اتجهت إلى برميل في ركن المحل، جعلت تغرف منه بالكوز وتصب في الزجاجات. اندهشت، فهذه أول مرة أرى فيها شيئًا كهذا الذي تفعله، قلت لها بعصبية:

ـ لا، لا، أريد زجاجات ملآنة ومقفولة بخاتم الشركة، وإلا فأذهب لأشتري من عيد البقال.

قالت الولية بثقة:

ـ عيد البقال سيعطيك من البرميل أيضًا، فهذا هو النظام الآن.

تعجبت من هذا الكلام، لكني تذكرت أن الواحد منا قد أصبح يصحو من النوم في هذه الأيام، فيفاجأ بأن كل شيء تغير، بفعل ما يُسمى «النظام العالمي الجديد» الذي أصبحنا نسمع عنه كثيرًا ولا نفهمه. المهم أنني حملت الزجاجات في صندوق على كتفي وعدت إلى الناس الملمومين أمام دارنا، فوزعت عليهم التحية وظللت واقفًا أحاول معرفة سبب قدوم جرجس، وسبب هذه اللمة حوله. لمحت صلاح ولد ولدي صابر يجري بين الأطفال، فناديته لأنهاه عن هذا الزئيط الذي يشوشر على الناس، فلما لم يسمعني مشيت تجاه الأطفال لأهوشهم وأمسك بصلاح، ظن الولاد أنني أنوي ضربهم فجرَوْا، فصرت أهرول خلفهم أنادي بأعلى صوتي:

ـ يا صلاح، يا صلاح.

وثمة يد تحاول جذبي من الخلف بخشونة. استدرت مُجَهِّزًا يدي لضرب هذا الذي يشدني، فإذا بالدنيا كلها تختفي من أمامي لبرهة خاطفة، وإذا بأم صابر تهزني في رفق قائلة:

ـ مالك؟ عم تنادي على صلاح! ماله صلاح؟!

اعتدلت في رقدتي، ثم نهضت قاعدًا، وصوت المؤذن يأتي صائحًا: «الله أكبر». سألت أم صابر:

ـ هذا أذان العصر أم أذان الفجر يا ولية؟

قالت إنه أذان العصر، فنزلت عن السرير لأتوضأ لصلاة العصر. قلبي كان منقبضًا: ما الذي يا تُرى يقصده جرجس بزيارته لي في المنام الآن رغم أنه مات من سنوات طويلة مضت؟! إنني في الواقع أخشى من زيارة الموتى في المنام، كما أنني أتوجس من منامات العصر والفجر بالذات. قالت أم صابر ضاحكة وهي تصب الماء على يدي:

ـ الولد صلاح ظن أني شكوته لك فطلع يجري لما سمعك تناديه وأنت نائم.

ـ أنا كنت أناديه في المنام!

ـ هذا ما يجنني، كنت داخلة عليك أصحيك لتشخط فيه، ففوجئت بأنك تناديه وأنت نائم.

توقفت عن الوضوء منشغلًا، سألتها:

ـ وماذا يفعل صلاح يا تُرى؟!

قالت في شيء من الحرج:

ـ يعمل دوشة والناس حزانى.

ـ ناس من يا ولية؟!

ـ جيراننا القبط، المسيحيون.

ـ ما لهم يا ولية؟!

ـ أبوهم مات.

ـ عبد المسيح جارنا مات؟ أقصد: هلك؟!

ـ كل هذا الصوات لم تسمعه؟!

ـ لا حول ولا قوة إلا بالله. إنا لله وإنا إليه راجعون.

ـ صلِّ بسرعة واطلع لتقعد مع الناس.

ـ طبعًا، جيراننا الحيط في الحيط، لا بد أن نعمل الواجب وزيادة.

صليت العصر وخرجت. رأيت نصف حارة العجوز من أمام دارنا ملآنة بالناس من رجال ونساء وأطفال، كلهم يحوطون بولد عبد المسيح، ذلك الصبي الصغير الذي انتفخ وجهه من كثرة البكاء فصار كالفطيرة الساخنة. اخترقت الجموع إليه، سلمت عليه وحضنته في صدري، واسيته بقدر ما استطعت، ثم قلت: «عن إذنكم خمسة». توجهت في التوِّ واللحظة إلى محل للفِراشة في شارع السوق، يملكه محمد الجبناوي ويتخذ من بيته وسط المقابر مقرًّا للمحل. قلت للجبناوي:

ـ هات دستة كراسي يا جبناوي.

قال منزعجًا:

ـ قلبي عندكم يا عم أحمد، ماذا جرى؟!

ـ جارنا عبد المسيح تعيش أنت.

في تأثر شديد قال:

ـ خلف لك طول العمر. اللهم اغفر له ولنا.

جهَّز لي عشرة كراسي، نادى صبيه ليحملها إلى حارة العجوز. قلت:

ـ يا جبناوي هذه عشرة كراسي وأنا أريد دستة.

تبسم قائلًا:

ـ يا عم أحمد، الدستة عندنا عشرة كراسي فقط.

ـ كيف؟! الدستة في كل الدنيا اثنا عشر، لا تضطرني للذهاب إلى غيرك.

اتسعت ابتسامته وازدادت لطفًا:

ـ كل محلات الفِراشة في كل البلاد نظامها هكذا: الدستة عشرة كراسي فقط.

ـ على بركة الله، شيل يا ولد.

سرت أمامه حتى وصلنا إلى حارة العجوز، وضعنا الكراسي ودعَوْنا الناس للجلوس، فلما جلسوا رأيت عددًا كبيرًا لا يزال واقفًا. تلفتُّ حولي أبحث عن صبي الجبناوي لأطلب منه دستة أخرى، فتبين لي أنه انصرف لتوِّه. لمحت الولد صلاح يزأط بين الأطفال بعيدًا، ناديته، لم يسمعني، كررت النداء عدة مرات، لم يسمعني. مشيت نحو الأطفال، جرَوْا أمامي، هرولت صائحًا:

ـ يا صلاح، يا صلاح، يا صلاح.

اصطدمت بصبي الجبناوي يمشي على مهل في نهاية حارة العجوز. قال:

ـ مالك يا عم أحمد؟!

صحت فيه لاهثًا:

ـ هات دستة ثانية.

وعدت مهرولًا، فوجدت أم صابر ممسكة ببراد كبير شكله يشبه البرميل، وابنتي سناء ممسكة بصينية ملآنة بالفناجين، فيما راحت أم صابر تصب فيها من الكوز قهوة توزعها على كل الحاضرين.

كف العفريت

تدهمني المنامات حتى وأنا صاحٍ، ودائمًا أبدًا تختار أصفى اللحظات، حيث يكون دماغي قد اشرأب فوق سور النهار، وتخلص من وحل السوق ودوشة الزبائن وزفارة السبوبة وهدوم الشغل. هي لحظة تكلفني كثيرًا يا ابو العم؛ عدساية الأفيون الذي ارتفع ثمنه فأصبحت العدساية بعشرة جنيهات على الأقل، أكواب الشاي الثقيل المتواصلة، طاقم من حجارة الشيشة المغمسة بتعميرة جيدة، صلاة العصر التي تروق صدري وتهدئ أعصابي بعد مراجعتي لكشف الخسارة ذي الوجهين؛ وجه المكسب والخسارة في شغل السوق، ووجه المكسب والخسارة في شغل الذمة والضمير والأمانة. فإذا تأكدت أنني بعت للزبائن سمكًا حيًّا طازجًا وراعيت حق الله في الميزان، فإنني أكون قد ربحت ربحًا عظيمًا، ولو كان الإيراد يكاد يغطي ثمن البضاعة ومصروفها فحسب، وإذا تبينت أنني نسيت أن أرمي بعض السمكات الفاسدة التي تتسرب إلى البضاعة دائمًا أثناء عملية المسواق، وأنها لا بد قد تسربت إلى بعض زبائني؛ فإنني أشعر بخسارة فادحة، حتى

ولو كان الإيراد ضعف ثمن البضاعة بعد مصاريف نقلها وعمالها، ورشوة مفتش التموين المتنطع دائمًا في طلب الإتاوة وإلا حرر محضرًا يدَّعي فيه ما يدَّعي، وإكرامية أمين الشرطة بإدارة المرور الذي يعترض طريقنا كل يوم بدون أي سبب. هنا يغيب عني الصفاء لعدة أيام، ولو كان ذلك ممكنًا لاستأجرت سيارة بميكروفون وسرحت في منشية ناصر وقايتباي ومدينة نصر، وأروح أزعق على كل من اشترى مني سمكًا ووجد به واحدة فاسدة أن يجيء ليأخذ مني تعويضًا عنها. فالمصيبة هي أنني عند البيع أكاد أغيب عن الوعي، من شدة الزئيط والشد والجذب والمساومة، ونهي الزبائن عن مد الأيدي والتقليب في السبوبة. لو كنت وحدي على الفرش أُعبئ السمك في القراطيس لضمنت كل شيء في التمام، لكن الولاد الذين يساعدونني في البيع لا يأبهون لشيء ولا يستمعون لنصح.

شوف كيف تكلفني لحظة الصفاء ما لا يطاق، مع ذلك يا ابو العم لا تجيء خالصة أبدًا، لا بد من شيء يعكرها، فإن لم يحدث شيء فالمنام جاهز، ما يكاد يراني صافي النفس رائق المزاج حتى يستلبني من نفسي. وقد بت لا أدري كيف أسمي هذا، إننا نسمي المنام منامًا لأنه يجيئنا أثناء النوم، فبماذا نسميه وهو يجيء في عز اليقظة والصحو؟ وهل يحدث ذلك لناس غيري؟ أم أنه يختصني وحدي؟ الله أعلم. لكن من حسن الحظ أن الكثيرين يسمون المنام رؤيا، وهذا أصدق وصف في نظري.

كنت قاعدًا على الكنبة في الحجرة الملحقة بحجرة نومي في

الطابق التحتي من داري؛ الشيشة في يدي، كوب الشاي أمامي، ومن حولي ولدي صابر وأخوه محمد وأولاد أختي صفية: مدكور وناجح، وأبوهما دياب منازع ابن خالتي الذي لا يزورني إلا كل حين. التلفزيون كان شغالًا مع أن أحدًا لا ينظر إليه ولا يستمع لشيء مما يقوله، ربما لأن الجميع يتكلمون في آنٍ واحد ـ خصلتنا يا مصريين ـ وأنا الوحيد الذي من المفترض أني أنصت لهم، في حين أنني غير قادر على الإنصات لأي شيء مما يدور حولي.

لو سألتني عما كان يدور في مخي لحظتها ما وجدت عندي إجابة؛ فقد كان مخي أشبه بسمكة نشوانة، تعوم فوق سطح مياه صافية، تروح وتجيء وتغطس وتقب دون هدف محدد وواضح.

فجأة انتصبت أمام نظراتي الشاردة شاشة عريضة كشاشة السينما، سرعان ما غمرها الضوء، وإذا بسيارة ماركة بيجو سوداء اللون، ملآنة بسبعة ركاب يشبهوننا في الملبس والسحنة، مرقت أمامي بسرعة منطلقة كالريح، ونظراتي تتابعها باهتمام وشغف، وفزع أيضًا؛ ذلك أن السيارة صارت تترنح وترتج، وإن هي إلا برهة حتى رأيت إحدى عجلاتها من الخلف تنفك وتطير في الهواء، كأن السيارة قد بصقتها بقوة، ثم ما لبثت السيارة حتى انقلبت كلاعب العقلة حين يقف على يديه رافعًا ساقيه في الهواء. لبرهة أسرع من لمح البصر رأيت السيارة واقفة على بوزها، شنطتها الخلفية مرفوعة في الهواء، بطنها بارزة، واقفة، مسودة، ملطخة بالطين، عجلاتها مجرد دوائر صغيرة تفر دائرةً حول نفسها، تشبه أطرافًا مبتورة، وفي الحال تستلقي على الأرض، ينعجن سقفها، يتبطط، فبدت كصر صار انقلب على ظهره، فصارت

أطرافه ترفس الهواء في حركة هستيرية. ثم أظلمت الشاشة واختفت من ناظري. صرت أقاوم الانتفاض والرعشة مرددًا: «يا سابل الستر يا كريم». ومددت يدي فأمسكت كوب الشاي، جرعت منه رشفتين أرطب ريقي الناشف، كل ذلك دون أن يدري بي أحد ممن يزأطون حولي.

انقبض صدري في الحال يا ابا الحاج، جاءني صداع قوي، شعرت برغبة في الخروج من هذه الحجرة طلبًا للهواء وتجديد المنظر، فكرت في الذهاب إلى قهوة الغول التي تكون في أحسن حالاتها في مثل هذا الوقت، لكن دياب زوج أختي وابن خالتي فاجأني بقوله:

ـ ما بدك تزور ولد خالتك أحمد عثمان في المعصرة؟

تذكرت أن ولد خالتي أحمد عثمان ـ المحامي في إحدى الشركات والمقيم في حي المعصرة ـ كان بعافية، وأنه دخل المستشفى، ومن يوم ما جاءني خبر دخوله المستشفى وأنا أرتب لزيارته، لكن الظرف لا يواتيني بسبب زحمة العمل وبقاء السبوبة أمامي لبعد العصر أحيانًا، وأما وقد جاءنا بالأمس خبر انتقاله إلى بيته صار لزامًا علينا زيارته دون تأجيل. شكرت دياب على هذه التفكيرة، وقمت في الحال فلبست ثيابي.

ـ يلا بينا يا ولاد.

طلعنا على شارع الأوتوستراد واستوقفنا سيارة أجرة، ركبناها.

«على المعصرة يا أسطى».

دخل بنا السائق في عدة تخريمات معقدة حتى صار في شارع

صلاح سالم. ما إن خرجت السيارة من تفريعة القلعة واستقامت على الطريق السريع، حتى طق في دماغي حجر مضيء، كحجر طق الليل الذي يتولد عنه الشرار لنشعل به السجاير في بلدتنا قبل اختراع الكبريت. تذكرت الرؤيا التي شاهدتها وحدي منذ دقائق، ففي الحال لاحظت أن السيارة التي نركبها ماركة بيجو سعة سبعة راكب، وسوداء اللون. حينئذٍ شعرت بأنها تتدلدق مثل كوب ملآن في يد ترتعش، وكأننا صرنا فجأة على كف عفريت.

كنت بجوار السائق فرفعت ذراعي نحو السماء في ابتهال أصيح في فزع واستغاثة:

ـ استر يا رب، يا رب سترك.

أُرتج على السائق، ركبه الفزع، داس فوق الفرملة، فإذا بالسيارة مائلة على جنبها الأيمن. في لمح البصر كانت العجلة التي انفكت من عقالها ـ وهي اليمنى من الخلف ـ قد صارت تفر أمامنا كأنها تطفش من وجوهنا.

بقينا في كراسينا متجمدين لبرهة طويلة نتشهد ونقرأ ما تيسر من سورة يس وآية الكرسي.

نظر السائق لي بامتنان كبير، ثم راح يرمقني، يتفحص هويتي، لربما أكون أحد الأقطاب المشهورين، صار يردد:

ـ لولا صيحتك يا عم الحاج لاستمرت السيارة على سرعتها ولصرنا الآن في خبر كان، فالحمد لله أنك بصرختك أفزعتني ففرملت في الوقت المناسب.

ثم أضاف وهو يشعل سيجارة يقدمها لي:

ـ عمري ما وثقت في أي كلام عن المشايخ المكشوف عنهم الحجاب. الآن أيقنت أن الدنيا فعلًا تمتلئ بناس فيهم شيء لله. نزلنا كلنا نساعده في تركيب العجلة، نوصيه بالتقريط على مساميرها، ومسامير بقية العجلات.

حماران

أول ما شفتها عرفتها في الحال رغم أني لم أكن أعرف عنها شيئًا منذ ما يزيد على ثلاثين عامًا، يعني من أيام الطفولة؛ إنها نعمة بنت شقيق عمدة بلدتنا. ليس غريبًا أنني عرفتها، فالإنسان لا ينسى أصدقاء طفولته ولو بعد مائة عام، إنما الغريب أنني رأيتها تطوق رقبتي بذراعها التي لم أكن أجرؤ من قبل على لمسها، ثم إنها صارت تسحبني في الطريق الذي يلف حول بلدتنا، صرنا في مواجهة بيت حمدان الكبير، تفصلنا عنه بركة غويطة قديمة، كنت أطبش فيها وأنا طفل. شعرت بالحرج والخوف، صرت أترجاها:

ـ فكي ذراعك عن رقبتي يا نعمة، بيت حمدان يرانا، اعملي معروف ستفضحينا.

كالمجنونة قالت:

ـ يرانا بيت حمدان أو بيت العفاريت، إذا أحببت أن أتركك يجب أن... تبوسني!

وقدمت لي خدها الوردي الناعم، فمِلت عليه بشفتي في وجل واختطفت من ورده قبلة سمينة امتلأ بها فمي، وخيل لي

أن وريقات من ورد خدها التصقت بشفتيَّ وذابت فيهما. فما إن تركتني ومشت بجواري حتى رأيتنا معًا نقف أمام بيت العمدة شخصيًّا.

كان خلق كثيرون أمام البيت ما بين واقف وجالس على كرسي، فجأة صرنا في قلب اللمة. خرجت سيدة سمينة متختخة وجميلة سبحان الصانع، عرفت أنها زوجة العمدة، وتعجبتُ كيف أنها بقيت كما هي منذ رأيتها في الطفولة. أشارت نحوي بذراعها البضة قائلة:

ـ أنت، تعالَ لتتوظف عندنا.

فوقف رجل فوق كرسي كأنه يدير مزادًا علنيًّا، أشار نحوي قائلًا لزوجة العمدة:

ـ هذا هو، لن يجعلكم تحتاجون لأي شيء. إنه أنسب واحد لكم في البلد كلها.

أنا أتوظف عند زوجة العمدة؟ خدام يعني؟ ما هذه الورطة المهيبة؟! لو أن امرأة غيرها تلفظت بهذه الكلمة لكان لي معها كلام ناشف يؤلمها كما آلمتني. تعجبتُ كيف أنني ما زلت أخشى بأس العمدة رغم أنني ـ كما يَلوح لي ـ أصبحت أعيش بعيدًا عن الصعيد كله منذ أكثر من ثلاثين عامًا.

عقلي قال لي إن التجمل بالصبر والأدب أحلى من أي رد، وجعلت أدبر للانسحاب من هذه الزحمة التي دخلتها أنا بدون داعٍ. فجأة لمحت أحمد ابن عمتي يظهر في الزحمة وفي يده عودان من القصب؛ أحدهما رفيع والآخر تخين. تزحزحت شيئًا فشيئًا حتى

صرت لصقه. أعطاني عود القصب الرفيع، فشوحت في وجهه صائحًا:

ـ لا يا عم! هذا عود ناشف، أعطني التخين.

فثنَى ركبته وقطم العود التخين وأعطاني نصفه، ثم سحبني ومشينا دون أن ينتبه إلينا أحد. ما كدنا نبتعد عن زحمة بيت العمدة حتى رأيتني قد صرت وحدي ونبتة القصب في يدي. وإذا بي أمام لمة كبيرة على طريق بين المزارع، حين اقتربت منها رأيت اللمة منقسمة إلى مجموعتين من الرجال، كل مجموعة تبرك فوق حمار بالقوة وتذبحه بسكين كبيرة حادة. ركبني الفزع، صرت أصرخ:

ـ لا حول ولا قوة إلا بالله. لا حول ولا قوة إلا بالله. لماذا يذبحون الحمير؟! هذا كفر!

ووليت وجهي بعيدًا حتى لا أرى المنظر المؤلم. وفيما كنت أستدير تعثرت قدمي فوقعت نبتة القصب من يدي فانحنيت على الأرض لألتقطها، فما إن أمسكت بها حتى رأيتها تحولت إلى عصا، فتأبطتها ومضيت قاصدًا دارنا في وسط البلد.

وفيما أنا مشطوط على دارنا فوجئت بيد من الخلف تقبض على كتفي وتهزها، فارتعدت. استدرت بصعوبة، لكن اليد ظلت قابضة على كتفي تهزها ولكن برفق وحنو هذه المرَّة، وصوت رقيق يدخل في عروقي ميزتُ فيه صوت أم صابر يقول:

ـ اصحى يا رجل. ما كل هذا النوم؟!

صحوت، كان أذان العصر يزعق في التلفزيون. توضأت بسرعة، جريت إلى مسجد قايتباي للحاق بصلاة الجماعة. خرجت من الصلاة

إلى مقهى الغول هربًا من الجلوس وحدي حتى لا أفكر في المنام. ومع هذا حكيته لصديقي الأستاذ مع فنجان القهوة، فطمأنني الأستاذ، إلا إنني استرحت بمجرد حكيه.

في الطريق إلى بيتي تنبهت إلى أن الذبح في المنام ثمنه غالٍ جدًّا، فانزعجت. ما إن دخلت الدار حتى أتت أم صابر بورقة قالت إنه تلغراف جاءنا منذ قليل. سابت ركبي يا أبو العم، إلا إن أم صابر عاجلتني بقولها إن ولدها صابر فك خط التلغراف وعرف أن أخي حسين أجرى عملية جراحية في عينيه في البلد.

لم أقعد؛ بنفس ثيابي هرعت إلى شقيقتي زوجة دياب ابن خالتي الساكنة في ملكها بمنشية ناصر، قلت لها إن شقيقها حسين أجرى عملية جراحية في عينيه في البلد، فإن كانت تحب السفر معي إلى البلد للاطمئنان عليه فلتقُم الآن حالًا.

ركبنا القطار من محطة الجيزة إلى صدفا، ومنها إلى كوم سعيد، رأينا حسين واطمأن بالنا عليه. وفي صباح اليوم التالي ركبنا عائدين إلى القاهرة، ولكن المغص في بالي كان شغالًا؛ فعملية الذبح في المنام ـ حتى ولو كانت لحمارين ـ لا تريد الرحيل عن دماغي.

في تلك اللحظة لفت نظري ونظر الركاب صوت مشاحنة: كان الكمساري قد أمسك برجلين شكلهما محترم جدًّا، اتضح أنهما رجل وابنه، ادعيا أن تذكرتيهما قد سُرقتا أو ضاعتا، وامتنعا عن دفع غرامة التطويق التي وصلت إلى عشرين جنيهًا فوق ثمن التذكرتين، وكان من الواضح أنهما مفلسان تمامًا، وعرق الحرج يتصبب على وجهيهما بغزارة، والكمساري مع ذلك مصمم على تسليمهما لشرطة السكة الحديد.

جاءني خاطر طرق دماغي قائلًا: «ما رأيك يا ابو حميد أنك المقصود بهذه الدوشة؟ لا بد أن الله قد وضع هذا المنظر أمامك لكي تسرع أنت بتفسير المنام وينتهي الأمر، فإن كان الأمر كذلك فإنها تضحية بسيطة». في الحال ناديت على الكمساري:

ـ تعالَ يا ابو العم. اترك الرجلين في حالهما وخد مني حقك الذي تطلبه. كم تطلب منهما؟

لوى الكمساري رقبته في اتجاهي صائحًا بعجرفة وصلف كأنه يتحداني:

ـ خمسة وثلاثين جنيهًا.

قالها بنغمة جرحتني، فكأنه يريد أن يقول لي: «هل معك خمسة وثلاثون جنيهًا يا فالح؟ وإن كان معك فهل تقدر على دفعها؟».

تحديته، سحبت محفظتي وناديته بعجرفة أشد من عجرفته:

ـ تعالَ هنا، اكتب الاستمارة وأعطِها لهما.

فكتب استمارة التطويق بعصبية لا لزوم لها، ثم نزعها ورمى بها في حجر الرجل الكبير، وزحف نحوي ووجهه يقطر عدوانية غريبة، نتش الفلوس من يدي بغلظة. وكنت على وشك أن أنط في كرشه وألعن سنسفيل الذين خلفوه ولم يحسنوا تربيته، لكنني استخسرت تضييع متعة هذا الاكتشاف الذي طرأ على بالي فجأة وجعلني أضحك بصوت عالٍ؛ إذ جاءني صوت في دماغي يقول: «ابسط يا عم، فها قد تَفسر المنام على الآخر، وهذان الرجلان هما الحماران اللذان تم ذبحهما في المنام وقدَّرك الله على افتدائهما».

نزلنا في محطة الجيزة أنا وأختي، ووقفنا في الشارع نبحث عن

سيارة توصلنا. توقفت أمامنا سيارة أجرة فيها رجل يرتدي جلبابًا أبيض، ويجلس على الكرسي الأمامي المجاور للسائق، وكانت السيارة ماركة بيجو سبعة راكب. مال السائق برأسه نحونا من الشباك:

ـ رايح فين يا ابا الحاج؟

ـ منشية ناصر.

ـ فين منشية ناصر دي؟!

ـ سائق تاكسي ولا تعرف منشية ناصر؟!

ـ المهم أن تعرفها أنت.

ـ إنها أمام القلعة في شارع الأوتوستراد.

ـ اركب.

ركبت أنا وأختي، عبرنا الكرسيين المطويين في الوسط إلى الكنبة الغليظة الخلفية. أخذ السائق يلف ويدور في تلكؤ مريب، لكنني توقعت أنه ربما سيوصل الراكب المجاور له أولًا ثم يوصلنا. على أنه في شارع جانبي تَصنَّع أنه أخطأ الطريق، فرجع إلى الخلف ليغير طريقه، لكننا فوجئنا بثلاثة أفندية محترمين يطوقون السيارة، ويتقدم أحدهم من السائق:

ـ رخصك.

مد السائق يده إلى درج بجوار عجلة القيادة فسحب جلدة البطاقة وفتحها ليسحب منها الرخص، فسقطت مجموعة دولارات على حجره.. أطبق الأفندي يده عليها صائحًا:

ـ مهرب عملة؟ بس! وقعت يا حلو، هات ما معك.

بصوت مسكين، ونبرة باكية بدت لي متقَنة التمثيل:

ـ يا سعادة البيه أنا لا مهرب ولا حاجة، هذه عربة أخي وأنا أشتغل عليها بدلًا منه اليوم، وهذه بطاقته هو ورخصه هو.

ـ اخرس يا ابن اللبؤة!

وزغده بالبوكس في ذقنه، ثم أدخل رأسه في السيارة ناظرًا فينا شاخطًا:

ـ كل واحد يطلع الفلوس اللي معاه من سكات.

صاح الراكب المجاور للسائق:

ـ أنا صنايعي على باب الله وليس معي سوى فلوس مصرية اشتغلت بها من صبحية ربنا.

شيَّع له بوكسًا في كتفه:

ـ هاتها أشوفها.

أخرج الراكب ثلاثين جنيهًا وعرضها على الأفندي فقبض عليها، سلمها لرفيقه الذي لفها في فرخ ورق أبيض قائلًا للراكب في شخطةٍ شرطوية خشنة ومرسومة جيدًا:

ـ اسمك إيه؟

قال الرجل اسمه متلعثمًا، فكتبه صاحبنا هذا على الورقة. ثم انتقل الأفندي إلى الشباك الخلفي، أدخل فيه رأسه صائحًا فينا:

ـ طلع الفلوس اللي معاك أنت وهي.

كنت قد انتهيت لتوِّي من قراءة آية الكرسي، وبنفس الطريقة التي كنت أقرأ بها آية الكرسي قلت له:

ـ يا عم اعمل معروف لا تعطلنا، عملة إيه دي اللي احنا عنهربها! الله لا يسيئك نحن لا نعرف غير الفلوس المصرية.

صرخ فيَّ رافعًا قبضته قاصدًا ضربي بالبوكس، لكنه علقها في الهواء صارخًا:

ـ احترم الست التي معك بدلًا من أن أبهدلك أنت وهي.

أمسكني من اليد التي توجعني، فسحبت فلوسي كلها من جيبي، حوالي مائتين وخمسين جنيهًا، أعطيتها له، فسلمها للآخر الذي لفها في فرخ ورق أبيض صائحًا: «اسمك إيه؟». ثم كتب اسمي على الورقة. ثم إنه فتح باب السيارة الخلفي، عدل الكرسيين المطويين، أشار لواحد منهم فجلس بجواري على الكنبة زنقني في أختي، وركب الأفندي والآخر على الكرسيين الوسطيين. صاح في السائق آمرًا:

ـ اطلع على مديرية الأمن.

ـ حاضر يا بيه.

أخذ السائق يتلكأ، يدخل في حارة ليخرج إلى حارة فشارع جانبي، يمشي ببطء شديد. وأخيرًا اعتدل الأفندي نحوي قائلًا في همس كأنه يختصني بسر:

ـ يظهر أنك رجل طيب، وأنا إكرامًا لهذه الست الطيبة سأعفو عنك. قف يا أسطى. خذ، هذه فلوسك فانزل وتوكل على الله.

انحاز السائق لليمين وفرمل، فتح لنا باب السيارة فنزلنا.

لما صرنا في الشارع نظرت في اللفة فوجدت اسمي مكتوبًا عليها، فاطمأن بالي قليلًا. وحين اختفت السيارة بأسرع من البرق فتحت اللفة لأفاجأ بأنها كانت مبرومة على... قصاصات من ورق الجرانين.

منظر على الشاشة

سواء كانت لحظة نوم تشوب اليقظة، أو كانت لحظة يقظة تشوب النوم؛ فإن الفرق ليس كبيرًا عندي أنا بالذات. المهم أنني في تلك اللحظة كنت يقظًا، أو لعلني غفوت أثناء يقظتي، مع أنني كنت أجلس على الكنبة أشرب الشاي وأتفرج على التلفزيون، ومن حولي جميع أولادي وأحفادي يزأطون. كل طلباتنا موجودة، لا ينقصنا أي شيء. وفيما كنت أحدق في شاشة التلفزيون انفصلت الشاشة عن عيني فجأة، رأيت شاشة أخرى عليها منظر آخر مؤلم ومخيف: دياب منازع ولد خالتي وزوج أختي في حالة غضب عنيف، يدفع أختي أمامه بالبونيات الثقيلة ضربًا على وجهها الذي انتفخ وتورم من جميع نواحيه، وانبثقت الدماء منسالة على شفتيها وأنفها وخديها.

الفزع تملَّكني، نفضني في مطرحي، صرت أتقلب في قعدتي كأنني جالس فوق ركية نار. تأهبت للقيام لأحجز دياب عن زوجته قبل أن يُخلص عليها، لم يمنعني سوى أن المنظر الذي رأيته قد اختفى، وعادت شاشة التلفزيون وعليها امرأة غانية تقترب من عمق بعيد، ولا يبدو منها سوى ساقين مبرومتين في سروال يختفي تحت جلدها،

ويكور في الأعلى حبة مانجو كبيرة محشورة بين فكَّي معصرة، فخيل لي أن النواة المختفية في قلب اللحم السكري سوف تبظ بعد هنيهة، فلمسني طائف من اهتياج طائش مفاجئ، لكنني سرعان ما قرفت من نفسي ولفظت شاشة التلفزيون برمتها من عيني. ركبني القلق، ناديت:

ـ ولد يا صابر.

ـ نعم يا ابا؟

ـ خذ ربع الجنيه هذا وقُم حالًا وكلم عمتك في التلفون.

ـ خير يا بوي؟ ما الحكاية؟

ـ فيه حاجة يا ابو صابر؟!

هكذا سألتني أم صابر وقد ظهر عليها القلق أكثر مني. ثم إن الولاد والأحفاد كلهم تحفزوا للاستماع وتعلقت أنظارهم بشفتيَّ. حاولت المراوغة فوجدت أنها أجلب للقلق. لم أجد مفرًّا من ذكر الحقيقة حتى وإن أضحكتهم وسخروا منها، قلت لهم لقد رأيت الآن كذا وكذا.

قال صابر في حيرة:

ـ ولكن ماذا أقول في التلفون؟!

ـ عادي! إزيكم! أنتم بخير؟! فإن كان في الأمر شيء فإنك ستعرف من طريقة ردهم، أو سيقولون لك.

مشى صابر ليفعل ما طلبته منه. بقينا على جمر النار حتى عاد بعد قليل، فإذا هو مكفهر الوجه شاحب اللون.

ـ خير يا ولدي؟ ماذا وجدت؟

قال صابر إن زوجة مدكور ولد أختي حدث بينها وبين أختي

مشاحنة عادية كالتي تحدث دائمًا بين الحموات وزوجات أولادهن، فما كان منها إلا أن تركتها وانصرفت لشأنها غاضبة. كان وابور الجاز مشتعلًا تحت حلة الغسيل، بعصبية شديدة راحت تعطيه نفَسًا أكثر من اللازم، فانفجر، فشبت فيها النار، فنقلوها إلى المستشفى في حالة خطرة منذ دقائق معدودة. وفيما كنا نرتدي ثيابنا للحاق بها في المستشفى كان جميع الأولاد والأحفاد يرمقونني بنظرات تقطر منها الرهبة والاسترابة.

الفدو

كنت جالسًا فيما ظهر لي أنه بيتي، مع ذلك رحت أستغرب هذه الدهاليز غير المسقوفة، وهذه الحجرات الواسعة التي لا أعرف ما بداخلها على وجه التحديد، إلا إن شعورًا في داخلي راح يقنعني أن هذا البيت بيتي. أما لماذا أنا جالس هكذا الآن على قرافيصي كأنني قاعد في الكنيف؛ فذلك ما لم أعرف له سببًا. وفجأة هبط من السماء غراب أسود اللون ضخم الجثة كديك رومي، لرفيف أجنحته صوت كصوت الزلزال، كما أنَّ دخلته مرعبة كهمِّ الموت.

هبط الغراب فوق وجهي مباشرة، ناشبًا مخالبه في خدي، مرفرفًا بجناحيه كأنه يريد أن يرفعني ليطير بي في السماء. بقبضة يدي ضربته في بطنه، فطار وحلق في فضاء الدهليز دائرًا حول نفسه دائخًا، ثم غافلني وهبط مرة أخرى على وجهي. لكنني كنت مستعدًّا له هذه المرة، إذ ما كاد يقترب من وجهي حتى تلقفته بين يدي كيفما يتلقى أحمد شوبير الكرة من فوق رؤوس اللاعبين، ثم قبضت على رقبته فلويتها بكل قوتي وغيظي، فلفظ أنفاسه في لمح البصر، فرميته على الأرض جثة هامدة.

يظهر أنني صرخت حينما أنشب الغراب مخالبه في وجهي،
وصرخت مرة أخرى حين قبضت عليه ولويت عنقه، لأن أم صابر
راحت تصحيني وهي فزِعة تقول لي:

ـ عم تصرخ ليه يا أحمد كفى الله الشر؟!

حكيت المنام لأم صابر، انزعجت منه، صارت تصفق كفًّا على
كف قائلة:

ـ لا حول ولا قوة إلا بالله. استر يا رب. اللهم اكفنا الشر من هذا
المنام. أحمد، أنت متأكد أنك قتلته؟!

ـ لويت عنقه في يدي ورميته في الأرض جثة ميتة.

ـ الحمد لله أنك قتلته. الحمد لله أنك قتلته.

تركتها وخرجت لصلاة المغرب في جامع قايتباي، صرت أتحاشى
الاحتكاك بأي أحد، خفت من الجلوس على المقهى تجنبًا لأي شر
قد يجيء من أي واحد من الغرباء الذين يترددون على المقهى والحي
كله، وقد وقر في ذهني أن الغراب يعني واحدًا غريبًا يقصد بي شرًّا
لله في لله. إلا إنني لما رأيت صديقي الأستاذ جالسًا مع صحبة من
زملائه احلوت القعدة في عيني وحودت في الحال، طلبت الشاي
ورحت أتململ في قعدتي متوجسًا ضجِرًا.

قال الأستاذ وهو يرمقني بنظراته التي تقرأني بسهولة:

ـ مالك؟! وراءك شيء مهم؟!

ـ أبدًا يا أستاذ، ولكنني غير مطمئن.

ـ من أي جهة؟!

ـ من حدوث أي مشاجرة معي أو مع ولدي صابر.

ـ ولماذا تحدث المشاجرة اليوم بالذات؟!

حكيت له المنام في كلمات قليلة لم يشعر بها أحد من الجالسين معنا، حيث كانوا مندمجين في مكلمة غامضة في حماسة وانفعال، حتى لتوشك الأيدي أن تمتد لتتضارب في عنف.

الأستاذ الذي كان يسمعني دائمًا وهو يبتسم، ويهوِّن من خطورة مناماتي التي أقلق منها؛ ظهر على وجهه الانقباض والتشاؤم، اندمج في تفكير عميق لبرهة بدا فيها حائرًا لا يجد ما يقوله لي، لكنه رفع رأسه قائلًا:

ـ على كل حال...

لم يكمل، إذ ما درينا إلا وحمامة كبيرة سوداء اللون دخلت مندفعة في فضاء المقهى، ضالة تائهة مذعورة مكسورة الجناح من أثر ضربة طوبة نالتها. رفرفت قليلًا ثم سقطت فوق صدري، فدفعتها بيدي منزعجًا، فوقعت على الأرض تنتفض. انقض عليها أحمد نعناع وحملها خارجًا بها، وصوت الأستاذ ينفجر في قهقهة مدوية وهو ينظر لي قائلًا بطريقة قراءة القرآن الكريم:

ـ وفديناه بفرخ حمام مسكين!

عندئذٍ اعتدلت في قعدتي مستردًّا هدوئي كأن جبلًا انزاح عني. وضعت ساقًا على ساق، وطلبت الشيشة للجميع.

الطريق المورق

على ناصية من نواصي مقابر المجاورين المحصورة بين شارع صلاح سالم وشارع الأوتوستراد، وتحت ظل شجرة وارفة لا أعرف إن كانت جميزة أو توتة أو جازورينة؛ إنما هي عريضة طاغية وأفرعها تظلل دائرة كبيرة من المقابر، رأيتني واقفًا مع أم صابر كعاشقين عجوزين دبت فيهما روح الشباب فجأة.

لم نكن نفعل شيئًا، كذا أو كذا، بل كنا كأننا انتهينا لتوِّنا من أداء الصلاة، كما نفعل أحيانًا في البيت حيث أُومها وعيالها للصلاة من حين لآخر. لا أدري لماذا وقفتنا الآن تحت ظل هذه الشجرة الكبيرة التي لم أرَها من قبل وسط هذه المقابر التي أعرفها شبرًا شبرًا. لم يكن يظهر أننا ننتظر أحدًا أو شيئًا. أنا حتى لم أسأل نفسي عن سر هذه الوِقفة الغريبة. فجأة ظهر لنا رجل شكله مسكين غلبان، من أولئك الذين نراهم كثيرًا يتسولون في المقابر أيام الخميس والمواسم والأعياد، مد لي يده قائلًا:

ـ يدوم علينا وعليك الستر.

مددت له يدي فسلمت عليه. وفي الحال رأيتني وأم صابر نمشي

في طريق ضيق لا يزيد عرضه على مترين، تحفُّ به أشواك خضراء من الجانبين، إلا إنه طريق ممهد ونظيف، ولا يثير فينا أي شعور بالخوف وإن كنا نشعر بكثير من الرهبة. ثم إن الطريق كان صاعدًا إلى ما يشبه المزلقان على مرتفع عالٍ جدًّا، وقد صرنا ندفع جسدينا لأعلى بصعوبة شديدة؛ نلهث، نكاد ننقلب على ظهرينا كأن الطريق ينهض واقفًا في مواجهتنا، لكن الله منحنا الصبر والقوة حتى أكملنا الصعود إلى المرتفع الشبيه بجسر المزلقان.

فإذا بالطريق عند هذا الجسر أشبه بفخذين مفتوحين؛ طريق إلى اليمين، وطريق إلى اليسار. الطريقان متساويان في العرض الذي لا يزيد على مترين، وفي كل طريق منهما شجرة كبيرة وارفة.

الغريب أنني ـ لا أدري كيف ـ صرت أمشي في طريق منهما، وتمشي أم صابر في الطريق الآخر. لكن الطريق الذي مشيت فيه سرعان ما انحنى منكسرًا إلى اليمين، بحيث إنني صرت أرى الطريق الذي مشت فيه أم صابر. فما إن نظرت فيه حتى رأيت أم صابر ـ في لقطة سريعة جدًّا ـ وهي تبدأ الصعود فوق تلك الشجرة. ورغم أن اللقطة كانت سريعة جدًّا، فإنني شعرت أن أم صابر قد رأتني عينًا لعين، على ضوء من وهج قرص الشمس الذي بدا كأنه نزل ليستظل من نفسه بين أفرع الشجرة التي بدت عالية جدًّا. جعلت أشير لأم صابر بذراعي لكي تأتي، لكنها سرعان ما اختفت تمامًا كأن الشجرة ابتلعتها.

حين صحوت وحدي في الفجر لأصلي وأتوكل على الله إلى سوق غمرة، كنت قد نسيت هذا المنام كأني لم أرَه. إنه المنام الوحيد

الذي اختفى من ذاكرتي تمامًا، سقط في هوة النسيان التي تبتلع الكثير من الأيام والليالي الحالكة. وفي الواقع فإنني لست أعرف إذا ما كنت قد نسيته بمزاجي عامدًا متعمدًا حتى لا يقلقني، وينغص بالي من جهة العلاقة بيني وبين أم صابر، وما قد يعتريها من مشاكل يشير إليها المنام المشؤوم، حيث وضع كلًّا منا في طريق، أم أن المنام نفسه قد أشفق عليَّ من نذيره القاسي فأخذ نفسه وابتعد؟

الله وكيل، إن الأيام التي جاءت بعد ذلك كانت كلها حلوة على أحسن ما يكون: زوجت البنتين الكبيرتين سناء وآمال، اشتريت بيتًا في حارة العجوز أعدت بناءه من طابقين وأسكنت فيه البنتين معي، ثم زوجت ولدي صابر مرتين، وبعده زوجت ابنتي الثالثة هدى، وتوفرت معي فلوس كثيرة على وش ابنتي راوية آخر العنقود، فاشتريت خزنة ضخمة ثبتُّها في الحائط كالأثرياء الذين طالما سمعت عنهم في السوق، فبات رزقها يجيء كل يوم بعد كل مصاريفنا، واشتريت سيارة نصف نقل ماركة شيفروليه لأنقل عليها السمك من سوق غمرة إلى مزلقان منشية ناصر. ومن حسن الحظ أنني اشتريت السيارة من هنا وقامت المعركة من هنا بين محافظ القاهرة عمر عبد الآخر، وبين جميع التجار الكبار في سوقَي روض الفرج وغمرة، حيث انتصر عليهم، وتم نقلهم جميعًا بالقوة إلى السوق الجديد في مدينة العبور على طريق مصر-الإسماعيلية الصحراوي. فكأن الله كان يدبر ليجنبني الهوان في نقل السمك الذي كان لا بد أنه يفسد قبل وصولي به إلى الفرش، لو بقيت تحت رحمة سيارات الأجرة التي يجب أن تنقلني من قايتباي إلى مدينة

العبور، وتعود بي من سوق العبور إلى مزلقان منشية ناصر. وهيأ الله لباعة المزلقان ـ لأول وآخر مرة ـ رئيس حي محترمًا طيب القلب، رأى أن المساحة الفارغة بين شارع الأوتوستراد وجسر سكة حديد القطار واسعة جدًّا، فقرر بناء صفين متقابلين من دكاكين أشبه بالعشش تأوي هؤلاء الباعة، فحجزت باسمي نمرة، ونمرة باسم ولدي صابر، وثالثة باسم ولدي محمد، ورابعة باسم مختار ولد أختي وزوج سناء، وخامسة باسم أخيه عزت زوج آمال، ولمحمد زوج ابنتي هدى نمرة يجعلها بوفيهًا يبيع الشاي والشيشة لأهل السوق وزواره. وصحيح أن الدكاكين بلا مياه ولا صرف صحي، والممر بينها ضيق لا يتسع لمرور أكثر من شخصين، ووصول السبوبة إلى الدكان يتم بطلوع الروح نقلًا على الأكتاف؛ إلا إن الأمور كانت طيبة، والأشيا معدن.

لم يبقَ إذن سوى تأدية الفريضة العظمى: الحج إلى بيت الله مع أم صابر التي كافحت معي طول العمر وشربت المر في سكنى المقابر ومطاردة البلدوزر لنا. حلفت بالله ليكونن حجًّا سياحيًّا كالناس الذوات.

تقدمت إلى شركة دلني عليها لواء شرطة على المعاش من زبائني الدائمين، دفعت تسعة آلاف جنيه لي ومثلها لأم صابر مقابل السفر والمسكن. فصَّلنا ثياب الإحرام، توكلنا على الله في سفرة مريحة بالطائرة، نزلنا في مسكن محترم وسط مجموعة منتقاة من علية القوم المحترمين: اللواء والصحفي والمهندس والمدرس والشيخ الأزهري والتاجر الميسور. صرنا كعائلة واحدة؛ نساؤنا

يجتمعن على الطبخ والغسل والودودة النسائية الحميمة، ونجتمع نحن الرجال على الأكل والسمر وقراءة القرآن والصلاة وتبادل النصائح ونبش الذكريات.

يوم الصعود إلى عرفات كان الزحام شديدًا كيوم الحشر. الطريق طويل وصاعد إلى مرتفعات تبدو بلا نهاية، بين شعاب كثيرة. الأجساد تتدافع، تختلط ببعضها ككتل من اللحم تدفعها قوة إلهية جبارة. ناس تتساقط تحت الأقدام فلا يظهر لها أثر، ناس تختفي لتظهر بعد قليل.

فجأة حدث زلزال بشري شقق الكتل فوسَّع الشروخ بينها، وحدثت دوامة استمرت لمدة طويلة؛ فإذا بلفيف من النساء وحدهن في جانب، والرجال وحدهم في جانب، ولا أدري كيف أفلتت مني أم صابر وصارت بين النساء المتشابهات. صار منظر الناس عجيبًا وغريبًا، مخيفًا ومبهجًا معًا؛ صفوف في الأعلى وأخرى في المنخفض.

فوق تل مرتفع تحاضنت مجموعة من النساء، كان منظرهن أشبه بشجرة كبيرة وارفة تتحرك ببطء شديد. من مكاني في المنخفض رحت أرقب التل المرتفع قلقًا على أم صابر، فإذا بي ألمحها على بُعد، في لقطة سريعة جدًّا، وقد حملها بعضهن لإقالتها من عثرة كادت تودي بها تحت الأقدام، ثم أنزلنها على الأرض لتختفي تمامًا عن ناظري.

حينئذٍ فحسب تذكرت أنني شاهدت شيئًا قريبًا من هذا المشهد ذات يوم، إنه منظر يسكنني منذ بضع سنوات. وفيما كان ذلك المنام

البعيد يستيقظ في ذاكرتي، كنت أُثبِّت انتباهي على مجموعة النساء اللاتي يخفين أم صابر بينهن، وقد داخلني الاطمئنان بأننا جميعًا صائرون إلى التلاقي في مرتفع كان يقترب منا ونقترب منه في بطء جميل.

القبة

كنت ماشيًا في عز الليل في طريق أشبه بطريق يسمى «الأوتوستراد»، المعمول حديثًا في نواحي منشية ناصر. كان من الواضح أنني في حالة مزاجية منبسطة، مع ذلك أشعر بأنني أشبه بالخائف. أغلب الظن أنني خائف أن تضيع مني هذه الحالة؛ إنني أتمنى أن أظل هكذا إلى الأبد، لا يغضبني شيء، ولا يعكر مزاجي أو يحرق دمي شيء مهما كانت قيمته. لقد ظللت طوال عمري الفائت أعمل بكل الطرق والوسائل لكي أصل إلى هذه الحالة المزاجية الرائقة فائقة الصفاء؛ فأنا كما أعلم عن نفسي سريع الغضب، ومصيبتي أن غضبي يتصاعد بسرعة البرق، فلا أكاد أدركه قبل أن يجدف في حق الله سبحانه وتعالى. تُرى هل وضعني الله الآن في هذه الحالة ليشير لي أنني يجب أن أكون هكذا على الدوام لكي أنجو من غضبه وعقابه؟ أم لعله قد هداني ومنحني هذه الحالة إلى الأبد، فأوقفني بذلك عند حدي وجنبني فلتات اللسان الزفر الغشيم؟! أنا الآن واثق أنه لن يعمل عقله بعقلي؛ هو العزيز المنتقم الجبار، وأنا الهلفوت الذي لا في العير ولا في النفير. إنما الأدب واجب،

وإلا زاطت الأمور وتطربقت النواميس على رؤوس بني البشر. سبحانك اللهم لماذا لا تجعلني هكذا دائمًا؛ لا أنفعل ولا أتزربن ولا أستخدم السباب؟

فوجئت بيد تتأبط ذراعي اليمنى. تلفتُّ منزعجًا، قال الذي تأبطني في غبطة:

ـ أرأيت الصيوان الذي أقمناه لك؟!

ـ صيوان؟! أقمتموه لي أنا؟! كيف يا ابو العم؟! من أكون حتى تقيموا لي الصيوان! ومن أنتم عدم المؤاخذة؟! ولماذا تقيمونه لي أصلًا؟! أنا لم أمُت بعد حتى يقام لي صيوان للعزاء!

ظهر على حنكه المفشوخ بابتسامة عجوز أنه يريد أن يقول لي: «ما لهذا المعنى قصدت بالصيوان». ثم شوح بذراعه نافيًا هذا المعنى، وأضاف:

ـ تعالَ أفرجك.

بيني وبين نفسي كنت أشبه بالفرحان، لأن يقام لي صيوان لأي سبب من الأسباب، فلما نفى المتأبطني فكرة الموت عن تصوري، فهمت أن الصيوانات أنواع متعددة غير النوع الذي في ذهني.

مشيت معه مسلوب الإرادة، تخطينا الشارع الذي اتضح أنه الأوتوستراد فعلًا، تجاوزنا مقابر قايتباي، صرنا في طريق صلاح سالم، عبرناه إلى الضفة المقابلة، وجدنا تحت أقدامنا سلمًا من الحجر، واضح أنه جديد لم تدُس عليه أقدام من قبل. صرنا نهبط الدرَج في منحدر متعرج قليلًا، صار طريق صلاح سالم يمر من فوق أكتافنا والسيارات تخترقنا دون أن نشعر بها.

فوجئت بمنظر بديع في مواجهتي، أصابني بالروع حتى كدت أقع من طولي: عبارة عن قبة متوسطة الحجم، محندقة، مطلية بالذهب البندقي الأحمر، وسيخ من الذهب منكوت فيها طالع من أعلى القبة في اتجاه السماء، حيث يستقر فوقه هلال من الفضة المصقولة.

وقفت أمامها مبهوتًا من شدة الروع الذي شملني، كل شعرة في جسمي صارت ترتعش من الرهبة من عدم فهمي لمعنى أن تكون هذه القبة لي، أُعدت خصيصًا لي. رحت أتأملها، فيها شغل كبير معجز؛ نقوش ورسوم للحروف الأبجدية بين براويز وأفاريز وإيوانات، هي لا شك آيات قرآنية، إلا إن قراءتها على النحو الصحيح تحتاج لتعليم وفطنة.

الدنيا من حولنا كانت ظلامًا دامسًا، أما القبة فكانت كرة كبيرة جدًّا من اللهب المضيء، على وهجها رحت أتهجى الحروف محاولًا قراءة كلمات متكاملة. لكن الرعب زلزلني، حيث شعرت بمن يُطبِق على كتفي ويشدني إلى الخلف بعيدًا عن القبة. حاولت الفلفصة ضاربًا بكوعي إلى الخلف بقوة، فشعرت بألم شديد. مددت يدي الأخرى لأمسك بكوعي المتألم، فإذا بي أتبين أنني صرت قادرًا على الحركة، لكن القبة الجميلة اختفت تمامًا فحلَّ الظلام الحالك لبرهة قصيرة، وإذ فتحت عيني وجدت أم صابر واقفة تصحيني وبيدها كوب ملآن بالماء:

ـ كنت عم تخطب على المنبر؟! مالك يا رجل؟ ما كل هذا الكلام مع نفسك؟!

ـ اسكتي يا أم صابر، الله رضي عني يا أم صابر، الحمد لله نجحت في الامتحان هذا العام. اليوم كم في شهر رمضان؟!

ـ الليلة سبعة وعشرين رمضان، كل سنة وأنت طيب.

ـ الحمد لله. فات الشهر الكريم دون أن تفلت أعصابي ويضيع صيامي؛ لم أغلط في حق الله، حفظت أدبي طوال الشهر. تصوري يا أم صابر أنني لم أنجح في هذا الاختبار السنوي منذ خمسة وعشرين عامًا مضت؟!

ـ تقول لي؟! أعرف! تظل طول العام تصلي وتصوم وتزكي وتراعي ربنا في كل شيء، كل الناس تذاكر لتنجح في امتحان آخر العام، وأنت تذاكر لتسقط في امتحان شهر رمضان.

ـ الحمد لله، الحمد لله، لقد شفت ضريحي، شفت آخرتي، إنما إيه يا أم صابر! آخر أبهة! يا رب! أكمل جميلك معي واحفظ لي أدبي معك طوال اليومين الباقيين من صيام رمضان.

أحلى مغرب صليته في حياتي كان مغرب ذلك اليوم والله العظيم يا ابو العم. صليته يعني صليته، كنت كأنني غطست في بئر الطهارة وخرجت شخصًا جديدًا لا يعرف أحمد القديم وإن كان اسمه نفس الاسم: أحمد محمد أحمد حماد.

من غريب الصدف أن يلتقيني عند باب مسجد قايتباي وقهوة إبراهيم الغول مجموعة من ذوي المزاج الحاد الثقيل في الهزار، دأبوا على نحل وبر الصعايدة وتهزيئهم في شخصي بنكت سمجة خايبة، لكنها مع ذلك تُضحك الفارغين المستعدين للضحك دون زغزغة. لو كنا في يوم آخر غير ذلك اليوم لانقلب ميدان السوق عن

آخره، وامتلأ بنبابيت الصعايدة من ولادنا الذين تنشق عنهم الأرض بمجرد سماعهم لصوتي يتخانق في أي مكان، إلا إنني صرت أول الضاحكين على نكاتهم بصفاء، بل اكتشفت ـ ويا للغرابة ـ أن النكات مضحكة بالفعل ولكن مِن قائليها.

قبل ارتفاع الأذان بدقائق رأيت صديقي الأستاذ قد خرج من القهوة، وانعطف يشتري أكياس الطرشي من حليمة غفيرة المبولة، ثم اتجه إلى سيارته ليركب وليلحق بالإفطار في بيته في ضواحي المقطم. كنت لحظتها أتأهب لمغادرة سلم الجامع كي ألحق به وأصمم على إبقائه لنفطر معًا، رغم أن طبيخنا يومئذٍ لم يكن نكتة، إلا إن الأستاذ ما إن رآني من بعيد حتى ناداني:

ـ يا عم أحمد.

وأشار لي بالاقتراب فيما يميل رأسه داخل سيارته ليتناول شيئًا من على الكرسي المجاور لكرسي السائق، ثم اعتدل واقفًا وسلمني اللفة مبهجة الشكل وهو يبتسم في غبطة.

ـ إيه دا يا أستاذ؟! شكلاطة؟!

ـ دا مصحف كبير من مصاحف الملك خالد، حاجة فخمة جدًّا، الملك خالد بعت لمصر كمية هدايا، ربنا رزقني بمصحفين؛ أخذت واحدًا لي، وحجزت هذا لك.

المصحف كان تحفة، أشبه بعلبة حلي ثمينة من تلك العلب التي نراها في الأفلام موضوعة باستمرار على طقاطيق صالونات الباشوات. فرحتي به فرحة لا أستطيع وصفها، لففته في شالي الكشمير، حتى أبعده عن نظرات وأيدي الفضوليين التي ستصر

على فتحه والعبث بصفحاته مما قد يبهدله. أمسكت ذراع الأستاذ لكي يبقى للإفطار معي، لكنه شد نفسه بنعومة وجلس على كرسيه. بسرعة أدار المحرك شاكرًا طلبي، وفي لمح البصر كانت السيارة قد رجعت إلى الخلف قليلًا، ثم دخلت بظهرها حارة سيد النجار، ثم اعتدلت فتوكلت على الله زاحفة كإوزة بيضاء تتبختر متباعدة، ثم تبتلعها البوابة الأثرية المفتوحة كحنك التمساح.

وضعت المصحف ملفوفًا بالشال أمامي على سجادة الصلاة، حيث يلامسه جبيني عند الركوع. ما إن انتهينا من صلاة المغرب، حتى أضاءت مشكاوات المسجد كلها دفعة واحدة، فغرق صحن المسجد في بحر من الأضواء الملونة. لم أُطِق صبرًا، مددت يدي فسحبت المصحف التحفة ودرت حواليه بنظرة عرفت منها كيف يُفتح. نزعته من علبته الثمينة، أزحت الغلاف السميك ثم اللسان المضموم على الصحائف. رفعت أول ورقة، فدارت بي الأرض يا ابو العم كأنني صرت فراشة صغيرة ابتلعتها دوامة الهواء المتقابل من كل ناحية.

في أول صفحة طالعتني القبة، نفس القبة التي شفتها قبل صلاة المغرب بأقل من ساعة زمن؛ القبة مطلية باللون الأحمر، فبدت ككرة من اللهب المضيء، خفتت في وهجه أضواء المشكاوات. ينكت القبة سيخ طالع من قلبها كالحربة المسنونة، يستقر فوقه هلال فضي. الحروف الأبجدية من تحت القبة تتمدد وتتكور وتتقرفص وتستقيم على حيلها داخل براويز وأفاريز ونقوش.

تلقفت رأسي بين يديَّ غائبًا عن كل ما حولي لبرهة طويلة لم أشعر

خلالها بانصراف كل المصلين، وكان صوت مجهول يشيعني إلى عتبة المسجد هامسًا في أذني: لا يحق لك القلق بعد الآن، فقد حصلت على شهادة النجاح بتفوق، فإن كنت رجلًا بحق وابن قلبك بحق، فاحذر أن تغفو عن الذي لا يغفو مطلقًا؛ فإن مثل هذه القبة إذا ضاعت هيهات أن تعود.

www.ingramcontent.com/pod-product-compliance
Lightning Source LLC
Chambersburg PA
CBHW021948120726
47992CB00001B/203